AF107016

www.ingramcontent.com/pod-product-compliance
Lightning Source LLC
LaVergne TN
LVHW010415070526
838199LV00064B/5305
* 9 7 8 9 3 5 8 7 2 9 3 5 1 *

ہڈیوں کے الفاظ

(چار ہندی کہانیاں)

مترجم:

ف۔ س۔ اعجاز

© Taemeer Publications LLC
Haddion ke Alfaaz (Chaar Hindi Kahaniyaan)
by: Fay Seen Ejaz
Edition: November '2023
Publisher :
Taemeer Publications LLC (Michigan, USA / Hyderabad, India)

ISBN 978-93-5872-935-1
9 789358 729351

مصنف یاناشر کی پیشگی اجازت کے بغیر اس کتاب کا کوئی بھی حصہ کسی بھی شکل میں بشمول ویب سائٹ پر
اَپ لوڈنگ کے لیے استعمال نہ کیا جائے۔ نیز اس کتاب پر کسی بھی قسم کے تنازع کو نمٹانے کا اختیار
صرف حیدرآباد (تلنگانہ) کی عدلیہ کو ہو گا۔

© تعمیر پبلی کیشنز

کتاب	:	**ہڈیوں کے الفاظ** (چار ہندی کہانیاں)
مترجم	:	**ف۔س۔اعجاز**
صنف	:	فکشن
پروف ریڈنگ / تدوین	:	اعجاز عبید
ناشر	:	تعمیر پبلی کیشنز (حیدرآباد، انڈیا)
سالِ اشاعت	:	۲۰۲۳ء
صفحات	:	۴۶
سرورق ڈیزائن	:	تعمیر ویب ڈیزائن

فہرست

(۱)	سلیا	سشیلاناک بھورے	6
(۲)	ہڈیوں کے الفاظ	شیوراج سنگھ بے چین	13
(۳)	پھُلوا	رتن کمار سانبھرایا	24
(۴)	سُومنگلی	کاویری	40

(۱) سلیا

سشیلا ناک بھورے

نانی پیار سے اسے سِلیا ہی کہتی تھی۔ بڑے بھیا نے اپنی تعلیم یافتہ سوجھ بوجھ کے ساتھ اس کا نام شیلجا رکھا تھا۔ ماں پتا کی وہ سلّی رانی تھی۔

سلیا گیارہویں کلاس میں پڑھ رہی تھی۔ سانولی سلونی معصوم، بھولی، سیدھی اور سنجیدہ مزاج سلیا اپنی اچھی صحت کی وجہ سے اپنی عمر سے کچھ زیادہ ہی لگتی تھی۔ اسی سال ۱۹۶۰ کا سب سے زیادہ عجیب واقعہ ہوا۔ ہندی اخبار 'نئی دنیا' میں اشتہار چھپا۔ "اچھوت خاندان کی بہو چاہیے' مدھیہ پردیش کی راجدھانی بھوپال کے جانے مانے نوجوان نیتا سیٹھ جی اچھوت لڑکی کے ساتھ بیاہ کر کے سماج کے سامنے ایک مثال رکھنا چاہتے تھے۔ ان کی صرف ایک شرط تھی کہ لڑکی کم سے کم میٹرک ہو۔

مدھیہ پردیش کے ہوشنگ آباد ضلع کے اس چھوٹے گاؤں میں بھی اشتہار کو پڑھ کر ہلچل مچی ہوئی تھی۔ گاؤں کے پڑھے لکھے لوگوں نے براہمن بنیوں نے سلیا کی ماں کو صلاح دی، تمھاری بیٹی تو میٹرک پڑھ رہی ہے۔ بہت ہوشیار اور سمجھدار بھی ہے۔ تم اس کا فوٹو، نام پتہ اور تعارف لکھ کر بھیج دو۔ تمھاری بیٹی کے تو نصیب کھل جائیں گے۔ راج کرے گی۔ سیٹھ جی بہت بڑے آدمی ہیں۔ تمھاری بیٹی کی قسمت اچھی ہے۔

سلیا کی ماں زیادہ جرح میں نہ پڑ کر صرف اتنی ہی کہتی ہے "ہاں بھیا جی، ہاں دادا جی۔۔۔! ہاں بائی جی، سوچ سمجھ لیں۔"

سلیا کے ساتھ پڑھنے والی سہیلیاں اسے چھیڑ تیں، ہنسی اور مذاق کرتیں مگر سلیا اس بات کا کوئی سر پیر نہیں سمجھ پاتی۔ اسے بڑا عجیب لگتا۔ "کیا کبھی ایسا بھی ہو سکتا ہے۔؟"

اس بارے میں گھر میں بھی ذکر ہوتا رہتا۔ پڑوسی اور رشتے دار کہتے "فوٹو اور نام پتہ بھیج دو۔"

تب سلیا کی ماں اپنے گھر والوں کو اچھی طرح سمجھا کر کہتی "نہیں بھیا یہ سب بڑے لوگوں کے چونچلے ہیں۔ آج سب کو دکھانے کے لیے میری بیٹی کے ساتھ شادی کریں گے اور کل چھوڑ دیا تو ہم غریب لوگ ان کا کیا کرلیں گے ؟ اپنی عزت اپنے سماج میں رہ کر ہی ہو سکتی ہے۔ ان کی دکھاوے کی چار دن کی عزت ہمیں نہیں چاہیے۔ ہماری بیٹی ان کے خاندان اور سماج میں ویسی عزت اور قدر نہیں پا سکے گی۔ نہ ہی پھر ہمارے گھر کی رہ جائے گی۔ نہ اِدھر کی نہ اُدھر کی۔ ہم سے بھی دور کر دی جائے گی۔ ہم تو نہیں دیویں اپنی بیٹی کو۔ ہم اس کو خوب پڑھائیں گے، لکھائیں گے، اس کی قسمت میں ہو گا تو اس سے زیادہ عزت وہ خود پا لے گی۔"

بارہ سال کی سلیا ڈری سہمی ایک کونے میں کھڑی تھی اور مامی اپنی بیٹی مالتی کو بال پکڑ کر مار رہی تھی۔ ساتھ ہی زور زور سے چلا کر کہتی جا رہی تھی "کیوں ری تجھے نہیں معلوم، اپنے واکنویں سے پانی نہیں بھر سکے ہیں ؟ کیوں چڑھی تو وہاں کنویں پر، کیوں رسّی بالٹی کو ہاتھ لگایا؟" اور جملہ پورا ہونے کے ساتھ ہی دو چار جھانپڑ گھونسے اور برس پڑے مالتی پر۔ بے چاری مالتی دونوں ہاتھوں میں اپنا منہ چھپائے چیخ چیخ کر رو رہی تھی۔ ساتھ ہی کہتی جا رہی تھی۔ "او بائی معاف کر دے اب ایسا کبھی نہیں کروں گی۔"

مامی کا غصہ اور مالتی کا رونا دیکھ کر سلیا اپنے آپ کو مجرم محسوس کر رہی تھی۔ اپنی صفائی میں بہت کچھ کہنا چاہتی تھی مگر اس مار پیٹ کے سلسلے میں اس کی آواز دھیمی پڑ

جاتی۔ مامی کا تھوڑا غصہ کم ہوتا دیکھ سلیا نے ہمت بٹوری۔ "مامی میں نے تو مالتی کو منع کیا تھا مگر وہ مانی نہیں۔ کہنے لگی جیجی پیاس لگی ہے، پانی پئیں گے۔" میں نے کہا "کوئی دیکھ لے گا۔" تو کہنے لگی "ارے جیجی بھری دوپہر میں کون دیکھنے آئے گا۔ بازار سے یہاں تک دوڑتے آئے ہیں۔ پیاس کے مارے دم نکل رہا ہے۔" مامی بپھر کر بولیں۔ "گھر کتنا دور تھا، مر تو نہیں جاتی، مر ہی جاتی تو اچھا رہتا۔ اس کی وجہ سے اسے کتنی باتیں سننی پڑیں، مامی نے دُکھ اور افسوس کے ساتھ اپنا ماتھا ٹھونکتے ہوئے کہا تھا" ہے بھگوان تو نے ہماری کیسی جات بنائی۔"

سلیا نیچے دیکھنے لگی، سچ بات تھی۔ گاڈری محلے کے جس کنویں سے مالتی نے پانی نکال کر پیا تھا۔ وہاں سے بیس پچیس قدم پر ہی ماما مامی کا گھر تھا جس کی رسی، بالٹی اور کنویں کو چھو کر مالتی نے ناپاک کر دیا تھا۔ وہ عورت بکریوں کے ریوڑ پالتی تھی۔ گاڈری محلے کے زیادہ تر گھروں میں بھیڑ بکریوں کو پالنے کا اور انھیں بیچنے خریدنے کا کاروبار کیا جاتا تھا۔ گاڈری محلے سے لگ کر ہی آٹھ دس گھر بھنگی سماج کے تھے۔

سلیا کے مامی ماما یہیں رہتے تھے۔ مالتی سلیا کی ہی ہم عمر تھی۔ بس سال چھ مہینے چھوٹی ہو گی۔ مگر حوصلہ اور نڈرتا اس میں بہت زیادہ تھی۔ جس کام کو نہ کرنے کی نصیحت اسے دی جائے اسی کام کو کر کے وہ خطرے کا سامان کرنا چاہتی تھی۔ سلیا سنجیدہ اور سادہ مزاج کی کہنا ماننے والی فرمانبردار لڑکی تھی۔

مالتی کو روتا دیکھ کر اسے خراب ضرور لگا، مگر وہ اس بات کو سمجھ رہی تھی کہ اس میں مالتی کی ہی غلطی ہے۔ جب ہمیں پتہ ہے ہم اچھوت دوسروں کے کنویں سے پانی نہیں لے سکتے تو پھر وہاں جانا ہی کیوں؟" وہ بکری والی کیسے چلا رہی تھی۔ " اوری بائی، دوڑوری، جاموڑی کو سمجھاؤ۔۔۔ دیکھو تو منع کرنے کے بعد بھی کنویں سے پانی بھر رہی ہے۔

ہماری رسی بالٹی خراب کر دی جانے۔۔۔۔"

اور مامی کو اس نے کتنی باتیں سنائی تھی۔۔۔۔ کیوں بائی، جنی سیکھاؤ ہو تم اپنے بچوں کو، ایک دن ہمارے مونڈ پر موتنے کو کہہ دینا۔ تہارے نزدیک رہتے ہیں تو کا ہمارا کوئی دھرم کرم نہیں ہے؟ کا مرضی ہے تمھاری۔ صاف صاف کہہ دو؟" مامی گڑگڑا رہی تھی، "بائی جی، معاف کر دو۔ اتنی بڑی ہو گئی مگر عقل نہیں آئی اس کو۔ کتنا تو مارو ہوں۔ پھر بھی نہیں سمجھے۔" مامی وہیں سے مالتی کو مارتی ہوئی گھر لائی تھیں۔

"بیچاری مالتی!" سلیا سوچ رہی تھی بھگوان اسے جلدی سے عقل دے دیں۔ تب وہ ایسے کام نہیں کیا کرے گی۔

ایک سال پہلے کی بات ہے۔ پانچویں کلاس کے ٹورنامنٹ ہو رہے تھے۔ کھیل کود، کے مقابلوں میں اس نے بھی حصہ لیا تھا۔ اپنے کلاس ٹیچر اور کلاس کی لڑکیوں کے ساتھ وہ تحصیل کے اسکول میں گئی تھی۔ اس کے مقابلہ کی دوڑیں شروع میں ہونے سے جلدی پوری ہو گئیں۔ وہ لمبی دوڑ اور کرسی دوڑ کی ریسوں میں اول آئی تھی۔ وہ اپنی کھو۔ کھو ٹیم کی کیپٹن تھی اور کھو کھو کے کھیل میں اس کی وجہ سے جیت ملی تھی۔ کھیل کود کے ٹیچر گوکل پرساد ٹھاکر جی نے سب کے سامنے اس کی بہت تعریف کی تھی۔ ساتھ ہی پوچھا تھا، "شیلجا" یہاں تحصیل میں تمھارے رشتے دار رہتے ہوں گے۔ تم وہاں جانا چاہتی ہو، ہمیں پتہ بتاؤ۔ ہم پہنچا دیں گے۔" سلیا ماما، مامی کے گھر کا پتہ جانتی تھی مگر ٹیچروں کے سامنے ان کا پتہ بتانے میں اسے جھجک ہو رہی تھی۔ شرم کے مارے وہ نہیں بتا پائی۔ اس نے کہا" مجھے تو یہاں کسی کا بھی پتہ نہیں معلوم۔" تب سر نے اس کی سہیلی ہیم لتا سے کہا تھا" ہیم لتا، اسے اپنی بہن کے گھر لے جاؤ۔ شام کو سبھی ایک ساتھ گاؤں لوٹیں گے، تب تک یہ وہاں آرام کر لے گی۔" ہیم لتا ٹھاکر سلیا کے ساتھ ہی پانچویں کلاس میں پڑھتی تھی۔ اس کی

بڑی بہن کا سسرال تحصیل میں تھا۔ ان کا گھر تحصیل کے اسکول کے پاس ہی تھا۔

ہیم لتا سلیا کو لے کر بہن کے گھر آئی۔ بہن کی ساس نے ہنس کر ان کا استقبال کیا۔ ہیم لتا کو پانی کا گلاس دیا۔ دوسرا گلاس ہاتھ میں لے کر سلیا سے پوچھنے لگی، "کون ہے کس کی بیٹی ہے؟ کون ٹھاکر ہے؟ سلیا کچھ کہہ نہ سکی۔ ہیم لتا نے کہا 'موسی جی، میری سہیلی ہے، ساتھ میں آئی ہے۔ اس کے ماما مامی یہاں رہتے ہیں مگر اسے ان کا پتہ معلوم نہیں ہے۔" بہن کی ساس اسے دھیان سے دیکھتے ہوئے سوچتی ہے۔ پھر ہیم لتا سے اس کی ذات کے بارے میں پوچھتی ہے۔ ہیم لتا نے دھیرے سے بتا دیا۔ اسے لگا ذات کے بارے میں سن کر موسی جی ایک منٹ کے لیے چونکی۔ پر انھوں نے اپنے آپ کو سنبھالتے ہوئے سلیا سے پوچھا" گاڈری محلہ کے پاس رہتے ہیں۔"

سلیا نے ہاں کہہ کر سر جھکا لیا۔ تب موسی جی نے بہت پیار جتاتے ہوئے کہا "کوئی بات نہیں بیٹی، ہمارا بھیا تمھیں سائیکل پر بٹھا کر چھوڑ آئے گا، ایسا کہتے ہوئے موسی جی پانی کا گلاس لے کر واپس اندر چلی گئیں۔ سلیا کو پیاس لگی تھی۔ مگر وہ موسی جی سے پانی مانگنے کی ہمت نہیں کر سکی۔ موسی جی کے بیٹے نے اسے گاڈری محلے کے پاس چھوڑ دیا تھا۔ سلیا راستے بھر کڑھتی آ رہی تھی۔ آخر اسے پیاس لگی تو اس نے موسی جی سے پانی کیوں نہیں مانگ کر پیا۔ تب موسی کے چہرے پر ایک پل کے لیے آیا۔ رنگ اُس کی نظروں میں تیر گیا۔ کتنا مکھوٹا چڑھائے رکھتے ہیں یہ لوگ۔ موسی جی جانتی تھیں کہ اسے پیاس لگی ہے۔ پر ذات کا نام سن کر پانی کا گلاس لوٹا لے گئی۔ "کیا وہ پانی مانگنے پر انکار کر دیتی؟" سلیا کو یہ سوال کچوک رہا تھا۔

سلیا کو دیکھ کر ماما، مامی اور مالتی بہت خوش تھے۔ بڑے جوش و خروش سے ملے تھے۔ مگر سلیا ہیم لتا کی بہن کی سسرال سے ملی گھٹن کو بھول نہیں پا رہی تھی۔ شام کے وقت ماما

نے اسے اسکول پہنچا دیا تھا۔ سلیا کا مزاج پریشان کن بنتا جا رہا تھا۔ ریت رواج سے الگ نئے نئے خیال اس کے من میں آئے۔ وہ سوچتی "آخر مالتی نے کون سا جرم کیا تھا۔ پیاس لگی، پانی نکال کر پی لیا۔" پھر وہ سوچتی، "ہیم لتا کی موسی جی سے وہ پانی کیوں نہیں لے سکی تھی؟ اور اب یہ اشتہار اونچے گھرانے کا نوجوان، سماجی کارندہ، ذات پات کے بھید بھاؤ مٹانے کے لیے نیچ ذات کی اچھوت لڑکی سے شادی کرے گا۔۔۔ یہ سیٹھ جی مہاشے کا ڈھونگ ہے۔ دکھاوا ہے یا وہ سچ مچ کے سماج کے ریت رواج بدلنے والے سماجی انقلاب لانے والے مہان آدمی ہیں۔؟ اس کے دل میں یہ خیال بھی آتا کہ اگر اسے اپنی زندگی میں ایسے کسی مہان آدمی کا ساتھ ملا تو وہ اپنے سماج کے لیے بہت کچھ کر سکے گی۔ لیکن کیا کبھی ایسا ہو سکتا ہے؟ یہ سوال اس کے من سے ہٹتا نہیں تھا۔ ماں کے سچ کی بنیاد پر کیے گئے تجربات پر اس کا اٹوٹ یقین تھا۔ مدھیہ پردیش کی زمین میں ۶۰ء تک ایسی فصل نہیں اُگی تھی جو ایک چھوٹے گاؤں کی

اچھوت جانی جانے والی بھولی بھالی لڑکی کے من میں اپنا اعتبار قائم کر سکتی۔

اور پھر دوسروں کے رحم و کرم پر عزت؟ اپنی خودداری کو کھو کر دوسروں کی شطرنج کا مہرہ بن کر رہ جانا، بیساکھیوں پر چلتے ہوئے جینا، نہیں کبھی نہیں۔ سلیا سوچتی۔ "ہم کیا اتنے لاچار ہیں، بے بس ہیں، ہماری اپنی بھی تو کچھ آن عزت ہے۔ انھیں ہماری ضرورت ہے۔ ہم کو ان کی ضرورت نہیں۔ ہم ان کے بھروسے کیوں رہیں۔ پڑھائی کروں گی، پڑھتی رہوں گی، تعلیم کے ساتھ اپنی شخصیت کو بھی بڑا بناؤں گی۔ ان سبھی رسم و رواج کی وجوہات کا پتہ لگاؤں گی جنھوں نے انھیں اچھوت بنا دیا ہے۔ علم، عقل اور تمیز سے اپنے آپ کو اونچا ثابت کر کے رہوں گی۔ کسی کے سامنے جھکوں گی نہیں۔ نہ یہ بے عزتی سہوں گی۔"

ان باتوں کو دل ہی دل میں سوچتی اور دہراتی سلیا ایک دن اپنی ماں اور نانی کے سامنے کہنے لگی "میں شادی کبھی نہیں کروں گی۔"

ماں اور نانی اپنی بھولی بھالی بیٹی کو دھیان سے دیکھتی رہ گئیں۔ نانی خوش ہو کر بولی، "شادی تو ایک نہ ایک دن کرنی ہی ہے بیٹی۔ مگر اس کے پہلے تو خوب پڑھائی کر لے۔ اتنی بڑی بن جا کہ بڑی ذات کے کہلانے والے کو اپنے گھر نوکر رکھ لینا۔"

ماں دل ہی دل میں مسکرا رہی تھی۔ سوچ رہی تھی۔ "میری سلو رانی کو میں خوب پڑھاؤں گی۔ اسے عزت کے لائق بناؤں گی۔"

(۲) ہڈیوں کے الفاظ

شیوراج سنگھ بے چین

واقعہ قریب ۳۰ سال پہلے کا ہے۔ میں پالی مکیم پور کے پرائمری اسکول میں سوتیلے بھائی روپ سنگھ کے ساتھ پڑھنے جانے لگا تھا۔ پہلی کتاب کے سارے حروف پڑھ گیا تھا۔ روپ سنگھ مجھ سے ڈیڑھ

دو سال بڑا تھا۔ لیکن ہم دونوں کا داخلہ ایک ساتھ ایک ہی کلاس میں کیا گیا تھا۔ سال بھی نہیں گزرا ہوگا تب تک ایک اور موڑ اس واقعہ میں آیا۔ ہوا یہ کہ روپ سنگھ پہلی کتاب کے حرف بھی یاد نہیں کر پایا۔ اسکول میں اس کا دھیان پڑھائی سے زیادہ اسکول کی باہری چیزوں میں رہتا۔ وہ اسکول سے چوری چھپے بھاگ جاتا تھا تو چاچا چھوٹے لال اور ڈالچند اسے کبھی مٹر، کبھی مونگ پھلی یا دوسری کھانے کی چیزیں دیتے۔ ماسٹر نے مارا ہے املا نہیں لکھ پانے کی سزا کے طور پر۔ تو وہ اسے پیار سے گھر ہی روک لیتے تھے۔ میں اسکول میں ہی رہتا۔ کبھی بھی کلاس چھوڑ کر نہیں بھاگتا تھا۔ املا ہو یا جوڑ گھٹانا۔ میں سب سیکھنے کی کوشش کرتا تھا۔ روپ سنگھ کا اسکول میں اکھڑتے جانا اور میرے جمے رہنے کا انجام میرے لیے بھی اچھا نہیں ہوا۔ استاد گاؤں کے ہی رہنے والے تھے۔ پتا بھکاری لال اور ان کے بھائیوں کو ذاتی طور پر جانتے تھے۔ راستے سے گزرتے ہوئے بھکاری لال کے یہ پوچھے جانے پر کہ "ماس صاحب ہمارے بچے کیسے چل رہے ہیں ؟" کے جواب میں انھوں نے صاف جواب دیا "سنو بھائی بھکاری لال، سچی بات تو یہ ہے کہ تمھارا یہ لڑکا تو پڑھائی میں کوئی دلچسپی نہیں لیتا اور نہ ہی محنت کرتا ہے۔ چھ سات مہینے میں اسے پورے

حروف تک یاد نہیں ہو پائے۔ وہ اسکول سے زیادہ وقت غائب رہتا ہے۔" ماسٹر کی یہ رپورٹ سن کر بھکاری لال کے تینوں بھائی بہت فکر مند ہوئے۔ ان دنوں میری ماں بھکاری لال کی دوسری بیوی تھی اور چھوٹے لال اور ڈال چند کنوارے تھے۔ ان میں چھوٹے لال تو ساری زندگی کنوارے ہی رہے۔ اس دن ماسٹر جی کے بیانات نے گھر میں حالات خراب کر دیے۔ تینوں بھائیوں کو کھانے پینے کی فکر سے زیادہ اس بات کی فکر نے جھٹکا دیا کہ ان کا روپ سنگھ پڑھنے میں کمزور ہے۔ ان کا ارادہ اسے پڑھا لکھا کر بڑا آدمی بنانے کا تھا۔ لیکن مجھے تو وہ اس لیے پڑھنے بھیجتے تھے کہ اس کو اکیلے پڑھائیں گے تو گاؤں بستی کے لوگ کہیں گے کہ اپنے بیٹے کو تو پڑھا رہے ہیں، سوتیلے کو نہیں پڑھا رہے ہیں۔ ان دنوں ہمارے لیے گھاس کھودنے یا کھیتوں سے فصل کے وقت تھوڑا بہت اناج بین لانے کا کام ہوتا تھا۔ ہم کسی بھاری کام کے لائق نہ تھے۔

بھکاری لال اب عجیب کشمکش میں پھنس گئے۔ جسے پڑھانا چاہتے تھے وہ ماسٹر کی نظر میں نہ پڑھنے والا ہے اور جسے دکھاوے کے لیے اور سماجی دباؤ سے بچنے کو اسکول بھیجتے ہیں وہ ٹھیک ٹھاک ہے۔ وہ تینوں بھائی مل کر ماسٹر صاحب کے پاس گئے اور بولے "صاحب یہ کیسے ہو سکتا ہے کہ بڑا نہ پڑھے اور چھوٹا پڑھے!" ماسٹر جی نے سمجھایا" آپ کا بڑا لڑکا عقل سے بڑا نہیں ہے صرف عمر سے بڑا ہے۔ وہ پڑھ بھی سکتا ہے، دونوں کو ایک ہی کلاس میں چلا پانا ممکن نہیں ہے۔ تم اسکول بھیجتے رہنا چاہتے ہو تو شوق سے بھیجو پر اگلی کلاس میں سوراج ہی جائے گی، روپ سنگھ نہیں۔" یہ سن کر تینوں بھائی گھر آئے اور روپ سنگھ کے مستقبل کو لے کر فکر مند ہونے لگے۔ بھکاری لال اور ماں میں اکثر جھگڑا ہوتا رہتا تھا۔ وہ میاں بیوی تھے۔ ایک دوسرے کی ضرورت اور مجبوری، لیکن ان کے مزاج میں کوئی میل نہیں تھا۔ ہفتے میں چھ دن ان میں آپس میں جھگڑا ضرور ہوتا اور پالن پوسن کرنے والا

اور گھر کا مالک ہونے کے ناتے 'ماں' کو مارتا۔ اس دن وہ بدبدا رہا تھا۔ "سسری کے گے (یہ) کلٹّر بنے گا۔ ماسٹر کی ہونشا (نگاہ) میں سسر و تیز ہے۔ سارے سبد یاد کر لیے۔"

بھکاری لال ضدی اور گندی گالیاں دینے میں نمبر ون آدمی تھا۔ اس جیسی گندی زبان کے آدمی میں نے کم ہی دیکھے ہیں۔ "ایسا لڑکا لے آئی جو میرے لڑکے سے زیادہ ہوشیار ہے۔" میرا تیرا کا فرق وہ بہت زیادہ کرتا تھا۔ ہم سب اسے "دادا" کہتے تھے۔ (پالی میں باپ کو دادا ہی کہا جاتا ہے) لیکن وہ تھا جدید اور شہری معنی میں بھی دادا ہی۔ اس کی داداگیری، 'ماں' پر ہی خاص کر چلتی تھی۔ وہ داداگیری چلا بھی رہا تھا۔

"چھوڑو آج سے کوئی پڑھنے وڑھنے کی ضرورت ناہی۔ لا چھوٹو کتابیں لا۔ ان دونوں کی ڈلاّ تو موئی پٹی دے۔"

اور تینوں بھائیوں نے مل کر ایک پلان بنایا۔ سلیٹوں کو اٹھا کر، تختیاں چوکھٹ پر رکھ کر ایک ایک کر توڑی گئیں اور تھیلے سے کتابیں نکال کر جب پھاڑنا چاہا تو ماں نے لپک کر جھٹکے سے کتابیں چھین لیں۔ تب بھکاری نے اچھل کر "ماں" کی چھاتی پر ایک لات جما دی اور وہ چاروں خانے چت گر پڑی۔ مٹی کے تیل کی ڈلی چولھے کی دیوار پر رکھی تھی۔ بھکاری لال نے اسے انڈیل کر اسے ماچس کی تیلی دکھا دی۔ کتابیں جل اٹھیں، بعد میں تختیوں نے بھی آگ پکڑ لی۔ اڑوس پڑوس کی عورتیں جمع ہو گئیں۔ 'ماں' کے رونے کے شور نے محلے بھر میں خبر کر دی۔ لیکن وہ ثابت کر رہا تھا کہ اس نے کوئی غلط کام نہیں کیا۔ اس نے صرف سوتیلے بیٹے کی کتاب، پٹی نہیں جلائی، بلکہ اپنے سگے بیٹے کی بھی جلائی ہے۔ اڑوس پڑوس سے کوئی اس کا اختلاف کرنے نہیں آیا۔ لیکن 'ماں' چیخ چیخ کر بتا رہی تھی۔ "جو کالے پیٹ کا آدمی ہے، جا کو بیٹا فیل ہے رؤ تو میرے نہ پڑھ جائے جا مارے دار یچار کے نے کتابیں چرائی ہوں۔ بھکریاں بندے یاد رکھئے۔ یہ سوراج ضرور پڑے گو اور

تیرے روپا تو کتنوؤ جل مر، یہ ناہ پڑھ پائے گو۔"

دونوں ایک دوسرے کے بیٹے کی عدم فلاح و بہبود کی پیشین گوئی کرنے لگے۔ بستی کے لوگوں کو برا لگا کہ نہیں پڑھانا تو نہیں پڑھاتے۔ مگر کتابیں پٹیاں چولھے پر رکھ کر جلا دینا کہاں کی سمجھداری ہے۔ پر یہ ہے ہی برا آدمی، کہہ کر اپنے اپنے گھر چلے گئے۔ دو تین دن تک مجھے حروف کے درشن نہیں ہوئے۔ بستی کے دو تین لڑکے میرے ساتھ کے تھے۔ میں نے چھپ چھپا کر ان کی کتاب میں بنے ک سے کبوتر اور خ سے خرگوش، گ سے گدھا اور سو تک گنتی یاد کی تھی۔ لیکن بھکاری کو یہ بھی برا لگا جب اسے پتہ چلا کہ میں دوسروں کے گھر جا کر بچوں سے پوچھتا ہوں۔

میں ہر دن یہ جگاڑ دیکھ رہا تھا کہیں سے چار چھ ہاتھ لگیں تو میں ایک کتاب خرید لوں اور اسے کسی ساتھی کے گھر میں چھپا کر رکھ دوں۔ لٹوریا اور بادشاہ نام کے دونوں بھائی میرے لنگوٹیا یار تھے۔ ان کی ماں کے پاس میں مار پیٹ کے ڈر سے چھپا کرتا تھا۔ کئی بار تو رات میں بھی وہیں سو جاتا تھا۔ بستر پر سوتے میں پیشاب نکل جانا میرا بڑا مسئلہ تھا۔ لٹوری کے پاس سوتے ہوئے میرا پیشاب نکل گیا تھا لیکن اس کی ماں بڑی محبت اور لگاؤ رکھنے والی تھی۔ اس نے مجھے کوئی سزا نہیں دی۔

وقت گزر رہا تھا۔ ان دنوں دیوالی کے آس پاس پالی میں جوا بہت کھیلا جاتا تھا۔ بھکاری لال کا چھوٹا بھائی ڈالچند چھوٹی موٹی چوری کرنے، جوا کھیلنے اور کشتیاں لڑنے کی وجہ سے لوگوں پر دباؤ بنائے ہوئے تھا۔ وہ ایک لوٹا بھر بھینس کا دودھ پیتا تھا۔ اتنے ہی دودھ میں باقی چھ سات ممبروں کا خاندان چلتا۔ سبھی ساتھ رہتے تھے۔ سارے خاندان میں چھوٹے لال بے حد محنتی آدمی تھے۔ کولھو کے بیل کی طرح جٹے رہنا ان کا معمول تھا۔ ان دنوں وہ گاؤں سے باہر کھیر میں بی پی موریے (آج کل کانگریس میں مشہور دلت نیتا) کے

چمڑے کے کارخانے میں ستر اسی روپیہ مہینے پر نوکری کر کے گھر بھیجتے تھے اور بھکاری لال مردہ مویشی اٹھانے رنگ چمڑے سے مونڈا (جوتے) جوتیاں ہارے سارے بنانے کا کام کرتے تھے۔ وہ فصل پر کسانوں کو نارے سارے (چمڑے کا سامان) بانٹتے اور گیہوں، مکا اکٹھا کرتے تھے۔ میں جب اسکول سے روک لیا گیا تھا تو مردار جانور کھینچنے، کچرا وغیرہ اٹھانے اور کھیتوں سے اناج بٹورنے کے کام میں لگ گیا تھا۔ میری بہن اور ماں بھی ہر فصل پر کام پر جاتیں۔ چماریوں کے جھنڈ کے جھنڈ ان دنوں کام پر جاتے تھے لیکن ڈالچند جسم کو تکلیف دینے والے کام خاص طور پر نہیں کرتا تھا۔ وہ چوری بھی برابر ڈھنگ سے نہیں کر پاتا تھا۔ ہاں وہ آٹے کے گلے بنا کر بھینس بیلوں کو زہر بھی دے دیتا تھا۔ جس سے آمدنی زیادہ ہوتی تھی۔ مارے گئے جانوروں کا گوشت بھی زیادہ جاتا اور اس کی چربی کنستر بھر کر عطر ولی قصائی کے پاس پہنچائی جاتی۔ زمین یا دوسری پیداوار کا کوئی ذریعہ پالی کے چماروں پر نہ تب تھا نہ تیس سال بعد آج ہے۔ نہ تب وہاں تعلیم تھی، نہ اب ہے۔ ڈالچند ان دنوں دھوم سے جوا کھیل رہا تھا، دیوالی سے ایک دن پہلے اس کی جیت ہوئی تھی۔ اس سے وہ بہت خوش تھا اور وہ مٹھائی لے کر آنے والا تھا۔ میں گھر میں گھسا۔ کھونٹی پر ڈالچند کا کرتا ٹنگا تھا۔ میں نے آگے بڑھ کر اِدھر اُدھر دیکھتے ہوئے چور کی طرح جیب ٹٹولنا شروع کی۔ لٹکی ہوئی جیبوں میں کچھ نہ تھا۔ لیکن سینے پر خفیہ جیب بنی تھی۔ اس میں نوٹ بھرے تھے۔ میں نے نوٹوں کی گڈی کو آہستہ سے نکالا اور اس میں ایک کا نوٹ ڈھونڈا۔ ایک روپیہ لے کر باقی روپیہ اسی طرح جیب میں رکھ کر کواڑ بند کر کے میں باہر نکل گیا۔ ماں اس وقت گھر پر نہیں تھی۔ گھر میں گھستے نکلتے، روپیہ چراتے مجھے کسی نے نہیں دیکھا۔ اس خوشی میں میں جلدی سے پینٹھ بازار سے نکل کر بنیوں کی دکان کی طرف چلا گیا۔ اتنے سارے روپیوں سے ایک روپیہ چرایا ہے، چاچا کو پتہ بھی نہیں ہوگا۔ کتنے روپئے اس کی

جیب میں ہیں اور پتہ بھی ہو گا تو جیتے ہوئے روپیوں میں سے ایک روپیہ کی پرواہ وہ کیا کرے گا۔ ایسے سوال میرے ذہن میں اس وقت اُٹھ رہے تھے۔ پینٹھ سے آگے بنیوں کی چھ سات دکانیں ایک کے بعد ایک ہیں۔ میں بیچ کی دکان پہنچا اور کہا، لالہ جی میرے چاچا آپ کو پیسے دیں گے۔"

"تو دوئی خرید لیں گے۔ تو کیوں آیا ہے؟"

"کتابیں تھو کرپوں کوں۔" کہہ کر میں دکان سے نیچے اتر کر جدھر سے چاچا چھوٹے لال آرہے تھے اس طرف کو لوٹ آیا اور شری نواس کی کوٹھی کے سامنے شاستری جی کے مکان کے پیچھے چل رہی پتلی نالی میں میں نے وہ ڈبیہ پھینک دی۔ (میرا قیاس تھا کہ وہ مجھے بعد میں مل جائے گی۔ اور آگے بڑھ گیا۔ چھوٹے لال اُن دونوں بھائیوں کے نجی معاملات میں ملوث تھے۔ انھوں نے ہم بچوں کو غلطی پر کبھی مارا نہیں اور وہ ڈانٹ پھٹکار بھی بس زبانی ہی رکھتے تھے۔ اس وجہ سے ان کے پاس جاتے ڈر نہیں لگتا تھا۔ میں جیسے ہی ان کے پاس گیا انھوں نے پکڑ کر میری جیبیں، پاجامہ، کچھا اور اس کے ازار بند کی جگہ ٹٹول کر دیکھی اور پوچھا، "تو روپیہ لایا۔"

"نہ، نہیں تو؟"

"تو دکان پر کیا کرنے گیا تھا؟"

"کتاب پوچھنے۔"

"وہ تسلی کے لیے دکان پر گئے۔ لالہ نے کچھ پوچھنے سے پہلے ہی کہا "چھوٹے لال بنا پیسے کے بچوں کو کیوں بونی کے وقت بھیج کر دکانداری خراب کرتے ہو۔"

چاچا نے فوراً میرا ہاتھ پکڑا اور گھر کی جانب واپس ہوئے۔ چلتے چلتے وہ بتا رہے تھے "ڈالا کا ایک روپیہ جیب سے کون نکال لیا۔ اس نے گھر میں اودھم مچا رکھا ہے۔ تیری ماں

پر بے مطلب ہی شک کر رہا ہے۔ وہ جب سے گھر میں آئی ہے گھر کی حالت سدھر گئی ہے۔ یہ ڈالا پاگل کہاں سمجھتا ہے یہ سب باتیں۔"

وہ بولتے جا رہے تھے گھر سے روپیہ چرا کر جانے اور دکانوں پر کتاب کی تلاش میں گھومنے میں اور پھر چھوٹے لال چاچا کے ساتھ گھر لوٹنے میں آدھا پون گھنٹہ تو لگ ہی گیا ہو گا۔

گھر عام راستے سے تھوڑا اندر گلی میں تھا۔ اس سے پہلے صرف ایک گھر تھا۔ عام راستے پر پتا بھیکاری لال کی جوتیاں بنانے کی دکان تھی۔ ان دنوں کئی گھروں میں جوتیاں بنائی جاتی تھیں اور پینٹھ کے دن سب لوگ لائن سے انھیں پینٹھ میں پیش کرتے تھے۔ اسی دن وہ باہر بیٹھے نئی جوتیاں تیار کر رہے تھے۔ جب میں روپیہ چرا کر گیا تھا انھیں کام کرتے چھوڑ گیا تھا۔ چاچا کے ساتھ لوٹا تو دیکھا میری ماں قصائی کے ذریعہ کاٹی جا رہی گائے کی طرح زور زور چیخ رہی تھیں۔ ماں کی چیخ مجھے بہت دور سے سنائی پڑ گئی تھی۔ میں دوڑ کر ماں کے پاس پہنچا۔ تب گلیارے میں پڑی ماں کراہ رہی تھی۔ اس کی کمر پر بھکاری لال نے پہلا وار پھرہے (وہ لکڑی جس پر چمڑا کاٹا جاتا ہے) سے کیا تھا۔ اس کے بعد ڈالچند نے ماں کے جسم پر لاٹھیاں برسائی تھیں۔ سر چھوڑ کر سارا جسم ڈلا نے توڑ دیا تھا۔ ماں چیختے کراہتے بے ہوش ہو گئی تھی۔ بیر بل بابا کی گھر والی نے منہ میں پانی ڈالا۔ پوری بستی کے چمار اور راستے سے گزرنے والے جاٹ، بنئے، بامن سب جمع ہو گئے تھے۔ "ڈلّا تو راکشش ہے، بھکریا تو نے تو اپنی بہو کو مارا ہی، ڈلّا سے کیوں پٹوایا۔"

"ارے ساب سسر کی۔۔۔ اس کو کھانے کی کمی نہیں ہے۔، ہم تین بھائی کما کے اس کا پیٹ بھرتے ہیں، اس کی اولاد کو کھلاتے ہیں۔ تب بھی اس نکمی نے ایک روپیہ پر نیت گاڑ لی۔ اگر ضرورت تھی تو مانگ لیتی۔"

ڈلاّ فتح مندی کے غرور میں چارپائی پر تن کر بیٹھا تھا۔ وہ پہلوان بھی تھا اور چور جواری بھی۔ اس کا بستی بھر پر دبدبہ تھا۔ "سسری نے ایک روپیہ چرا کر اپنی عادات شروع کی ہے۔ ارے سسری ہم سارے بڑے سے بڑے طرم خاں کی جیب میں سے نکال لائے۔ تو نے ہماری جیب میں ہاتھ ڈالے۔"

"مت اٹھاؤ دادی کو۔" چھوٹے لال کا دل پسیج رہا تھا۔ ڈلا تو نشے میں ہے کیا؟ ارے ایسی کیا بات تھی، میں دے دیتا تجھے ایک کے دس۔ تو نے اس کی سب ہڈیاں توڑ دیں۔"

چھوٹے لال ماں کے تئیں احسان مند تھے۔ پچھلے سال جب وہ شدید بیمار پڑے تھے تو انھیں خون چڑھانے کے لیے گھر میں پیسہ نہیں تھا۔ ڈلاّ کماتا نہیں تھا۔ اس کی آمدنی کا ذریعہ جوا چوری یا ایک مردہ جانور کی کھال اتار لانا تھا۔ چھوٹے لال کو بچایا نہیں جاسکتا تھا بغیر خون چڑھائے اور خون کے لیے پیسے نہیں تھے تو ماں انتر ولی ڈاکٹر کے پاس پہنچی تھی۔ "میرا خون چڑھا دو ڈاکٹر صاحب، میں بہت تگڑی ہوں۔" واقعی ماں کا جسم بہت سڈول اور مضبوط تھا۔ یہ نعمت انھیں وراثت میں ملی ہوئی تھی۔ نانا نانی بہت تگڑے تھے۔ اسی لیے ان کی اولادیں پانچ بیٹیاں، دو بیٹے بھی کافی ہٹے کٹے اور بھاری بھر کم تھے۔ ماں کا خون چھوٹے کے خون سے مل نہیں پایا تھا تو مول خریدنے کے لیے ماں نے بھکاری لال سے کہا تھا۔ اس کے پاس پیسے نہیں تھے۔ تو میرے باپ کے بنائے ہوئے جو کھڑوے ماں کے پاس تھے اور جنھیں وہ میرے مرے ہوئے پتا کی یادگار کے طور پر سنبھال کر رکھتی تھی۔ ایک جان بچ جائے، یہی اچھا ہو گا۔۔۔ یہ جان کر وہ بولی تھی۔ "تم گروی رکھ دو۔" صراف نے کہا "یہ ایک سو پچیس روپئے میں گروی نہیں رکھے جاسکتے، انھیں بیچ دو۔" چھوٹے کے علاج کے لیے قریباً سو روپئے کی ضرورت تھی۔ اسی روپئے میں ماں کے کھڑوے بکے۔ اس طرح اونے پونے داموں میں خرید لینے سے ہی ہمارے دیش کے جمع

خوروں کی چاندی ہوتی ہے۔ اس طرح وہ پیسے علاج میں لگے اور چھوٹے تب ٹھیک ہوئے تھے۔ اس وجہ سے وہ ماں کے احسان کو محسوس کرتے تھے۔

اس دن پورے دن گھر میں چولھا گرم نہیں ہوا۔ رات میں کراہتے ہوئے میری بہن سے کہتا تھا "بیٹا کچھ دانے بھونج کر چکھ لو۔ بھیا کو دے دو۔" میں اپنے جرم کی وجہ سے دکھی تھا۔ چور تھا اور سزا پائی ماں نے۔ وہ بھی اتنی سخت جسے زندگی بھر بھلایا نہیں جاسکتا۔

ماں کا منہ سوج گیا تھا، ہونٹ بھی بڑے بڑے ہو گئے تھے۔ اس سے بولا نہیں جارہا تھا۔ کسی طرح وہ بولی۔ " دادی جار کا روکڑ میں نے چرانا تو دور رہا، دیکھا تک نہیں، پر قصائی نے میرا پورا جسم توڑ ڈالا۔ " میں اپنا جرم قبول کروں، یہ اسی وقت سوچ رہا تھا۔ جب سے ماں کو بری طرح پٹتے دیکھا تھا، ماں پیٹی جاچکی تھی۔ ڈلا کا غصہ ٹھنڈا پڑ چکا تھا۔ اب میں اپنا گناہ قبول کروں تو جو حال ماں کا ہوا ہے وہی میرا بھی ہو گا۔ اس ڈر سے میں نے چپ رہنا ہی بہتر سمجھا۔ پر ماں جب رو رو کہتی، "میں نے چونی تک کسی کی کمائی کبھی نہیں چھوئی۔ آج ایک روپیہ کیوں چراتی؟ وہ اپنے بچوں میں خود کو چورنی بننے کے ڈر سے روتے کراہتے صفائی پیش کر رہی تھی۔ بہن مایادیوی نے کہا "اماں، تونے ایک روپیہ کیوں چرایا؟ پورے گاؤں میں لوگ تجھے چورنی سمجھ رہے ہوں گے؟" "جو جو چاہے سمجھے بیٹا، میرا بھگوان گواہ ہے، چور کون ہے میں نہیں جانتی پر جو چور ہو گا بھگوان اس کے جسم میں کیڑے ڈالے گا۔" اور نہ جانے کیا کیا وہ بول رہی تھی۔ دیر رات اس کا درد بڑھ گیا تھا۔ "ایک گلاس دودھ میں پھٹکری ڈال کر پی لے، بھکاری نے کہا تھا۔ "ہلدی پوت دو بچو، تمھاری ماں کے بدن پر۔" میں اور میری بہن پیٹھ پر ہلدی پوتتے رہے۔ پھر ماں نے جانگوں سے لہنگا اٹھا کر نیلے نشانوں پر ہلدی پتوائی جو پوشیدہ عضو کے پاس تھے اور پھر کراہتے ہوئے اس نے اشارہ کیا مجھے باہر جانے کا۔ میں سمجھ گیا ماں کے پوشیدہ حصوں پر گہری چوٹ لگی تھی۔ بہن

نے ہلدی پوتی اور میں تھوڑی دیر بعد پھر گھر میں آیا۔ ماں کی چارپائی کے پاس تسلے میں کنڈوں کی آگ سلگ رہی تھی۔ چھوٹے، ڈلا سب سونے چلے گئے تھے۔ سکائی کراتے کراتے ماں نے پوچھا، "بیٹا تو کتاب کی ضد کر رہا تھا، یہ کام تو نے تو نہیں کیا۔؟"

"نہیں اماں۔ میں نے نہیں کیا۔" میں صاف جھوٹ بول گیا اور پھر ماں کی پیٹھ کے نشان کو سینکنے لگا۔ جسم پر اُبھرے نشان اور چوری کے روپے سے آنے والی کتاب کے حروف میں مجھے عجیب سی برابری لگی۔ دوسرے دن صبح نالی میں پھینکی گئی کاغذ کی ڈبّی ڈھونڈنے گیا پر وہاں نہیں ملی۔ میرے جیسا کوئی اور اسے اٹھا لے گیا ہو گا۔

بھونچال گزر جانے کے بعد کے حالات پر میں بیٹھا سوچ رہا تھا۔ ماں کو سچ بتانا چاہیے یا نہیں ماں کو اس سے تندرستی ملے گی یا نہیں۔ پر میں مہا خود غرض انسان، ماں کی کراہوں میں بھی مجھے کتاب یاد آ رہی تھی۔ ایسی دیوانگی سوار تھی دماغ پر۔ اسی رات میں سوکھی چتری (چتری، مرے یا مارے گئے جانور کی چربی کو کڑاہوں میں سے نکالنے کے بعد گوشت کے ٹکڑے جل بھن جاتے ہیں انھیں ہم چتری کہتے ہیں) گرم کر کے کھائی تھیں۔ ماں نے پھٹکری پڑے دودھ کے علاوہ شاید اور کچھ نہیں کھایا تھا۔ ڈلا نے خود کھانا بنایا تھا۔ ایک ایک روٹی بہن بھائیوں کو چٹنی سے دے دی گئی تھی۔

اس واقعہ کے بعد قریب ۱۲ سال شاگرد کی شکل میں میں نے کسی بھی اسکول کا منہ نہیں دیکھا۔ ماں کے پاس سے بھی بہن بھائی اپنے پشتینی گاؤں ندرونی سات آٹھ سال کی عمر میں چلے آئے تھے اور یہاں مزدوری اور بیگاری وغیرہ سے پیٹ پالتے رہے۔ قریب بیس سال بعد جب میں نے گریجویشن کر لیا تھا تو جلدی نوکری پا کر میں ماں کو وہ واقعہ بتانے کے جوش میں تھا۔ ماں بھوک مری، میری بیکاری اور خوفناک غریبی کی وجہ سے بیمار رہتی تھی۔ اسے بھوک سے پیدا کیے ہوئے ٹی بی جیسے روگ ہو گئے تھے۔ مرنے سے پہلے ماں سچ سن

لے اور میری کتاب کی تمنا کو جان سکے۔ میرے گناہوں کے لیے مجھے معاف کر دے۔ میں ایسا سوچتا تھا لیکن ماں دوائی، گولی اور پرہیز کی کمی سے موت سے پہلے مر گئی۔ میں گاؤں میں بھی نہیں تھا۔ لاش بھی نہیں دیکھ پایا ماں کی۔ جب میں پہنچا تو چتا کی راکھ بھی ٹھنڈی ہو گئی تھی۔ کئی دنوں میں اپنی ماں کی راکھ پر جا کر بیٹھا رہا اپنی احسان مند یادداشتوں کے ساتھ۔

(۳) پھُلوا

رتن کمار سانبھریا

رامیشور کے ہاتھ میں کاغذ کا ایک پُرزہ ہے۔ وہ کالونی کی گلی گلی چھانتا پھر رہا ہے۔ دوپہر سے اسے پنڈت ماتا پرساد کا مکان نہیں ملا۔ سارا گاؤں پنڈت جی کی دہائی دیتا تھا۔ شہر بونے ہو گئے تھے۔ ایسے بونے کوئی جانتا نہیں ہے۔ جس سے پوچھو وہی پلاٹ نمبر پوچھتا ہے ان کا۔ پلاٹ نمبر نہ ہوا، پنڈت جی کی پتری ہو گئی۔ کام ہوتا ہی نہیں ہے اس کے بغیر۔

جس سسری بات کا رامیشور ٹیٹوا دبائے تھا وہی بات اس کے سر چڑھ کر بیٹھ گئی تھی۔ شہر آکر شہری ہو جانا چاہیے۔ رات نکلتے دیر لگتی ہے۔ پھلوا بھی اسی کالونی میں رہتی ہے۔ اس کے لڑکے کا پورا پتہ ہے رامیشور کی جیب میں۔ اس نے جیب سے دوسرا پرزہ نکال لیا۔ ایک نوجوان نے رامیشور کو سر سے پیر تک تاکا۔ شخصیت کے نام پر ۴۲-۴۳ کے درمیان عمر، درمیانی کاٹھی، گیہواں رنگ، نچی کھچی کالی سفید داڑھی مونچھیں، کانوں میں سونے کی بھاری بالیاں، دو لاندھی دھوتی اور کرتا، سر پر چھینک کا کلغی دار صافہ، صافے کا کنارا اس کی کمر کے حصے کو چھوتا تھا۔ رامیشور کو فکر اور پریشانی میں ڈوبا دیکھ کر نوجوان نے اس سے پوچھا۔ "رادھا موہن صاحب کے گھر جانا ہے تمھیں۔؟"

"جی بابو صاحب۔" رامیشور کے لہجے میں فکر، اداسی اور عاجزی تھی۔ اس نے بغل میں دبائے بیگ کو ہاتھ میں لے لیا تھا۔

"کچھ لگتے ہوئے ان کے؟"

"لگتا تو نہیں ہوں، اس کے گاؤں کا ہوں۔" رامیشور نے دھیمے لہجے میں جواب دیا۔

نوجوان اسکوٹر اسٹارٹ کرتے ہوئے بولا۔ "وہ چوتھی گلی میں رہتے ہیں۔ بادل آ جائیں گے، اسکوٹر پر بیٹھے۔ میں چھور آتا ہوں تمھیں۔"

رامیشور کا سر بھنا گیا، پنڈت جی کو کوئی نہیں جانتا۔ پھلوا کے لڑکے کو پور پور جانتا ہے۔ اسکوٹر والا اسے ایک کنگورے دار عالیشان کوٹھی کے سامنے چھوڑ کر چلا گیا تھا۔ رامیشور کر حیرت نے جھنجھوڑا۔ پھلوا کی کوٹھی یہ ہے؟ اس نے ہولے ہولے دروازہ بجایا۔ باہر برآمدے میں بیٹھی ایک بڑھیا وہاں آ گئی تھی۔ موٹا جسم، گورے چہرے پر پڑی جھریوں سے چمک پھوٹ رہی تھی۔ اس کی آنکھوں پر چشمہ تھا اور دھلی ہوئی صاف ساڑی پہنے تھی۔ اس نے ساڑی کو سر پر لیتے ہوئے دروازہ کھولا۔ پھلوا تھی وہ۔ نہ رامیشور پھلوا کو پہچان پایا، نہ پھلوا رامیشور کو پہچان پائی۔ دونوں ایک دوسرے کو اجنبیت سے ٹکر ٹکر دیکھتے رہے۔ پھلوا نے ناک کے سرے تک چشمہ لا کر دیکھا لیکن وہ اسے پہچان نہیں پائی۔

رامیشور نے آنکھیں سکیڑیں "پھلوا؟"

"کون! رامیشور۔"

"ہاں بھابھی۔"

پھلوا نے ماتھے پر تھپکی ماری۔ "ہائے رام! گاؤں سے آئی تو ٹنیار تھے۔ بوڑھے ہو گئے ہو پندرہ سال میں ہی اندر آیئے نا۔"

پھلوا پھولی نہیں سما رہی تھی۔ اس کے گھر گاؤں کے زمیندار کے کنور آئے تھے۔ وہ بری گھڑی تھی، پھلوا کا پتی زمیندار کے ایک سر پھرے بیل کو سدھا رہا تھا۔ نکیل ڈھیلی

پاتے ہی اس عضیل بیل نے اس کے پیٹ میں سینگ ڈال دی۔ وہ تڑپا، پھڑ پھڑایا۔ پھلوا کی مانگ اجڑ گئی تھی۔ پھلوا کا بیٹا رادھا موہن دس ایک سال کا تھا تب چاکری پھلوا کو اس کے عوض مل گئی تھی جیسے ساہو کار کو ساہو کاری مل جاتی ہے۔ زمیندار کو زمینداری۔ دو پیٹ تھے۔ وہ زمیندار کے گھر گھاس چھیلتی۔ پانی بھرتی۔ مویشیوں کا پانی چارہ کرتی۔ باہر بید کی کرسیاں اور میز پڑی تھیں۔ پھلوا ایک کرسی پر بیٹھ گئی۔ اس نے دوسرے کرسی کی طرف اشارہ کیا۔ "بیٹھیے گا رامیشور جی۔"

رامیشور کرسی پر بیٹھ گیا تھا۔ سفید رنگ کے جھبریلے سے دو کتے اندر سے آئے۔ انھوں نے رامیشور کو سونگھا اور اس کے منہ کی طرف دیکھ کر سوں سوں کرنے لگے۔ اس نے پاؤں اوپر اٹھا لیے اور ڈر سے گٹھری ہو گیا۔ پھلوا نے کتوں کو ڈپٹا۔ "ہمپی، مینو، اندر جاؤ۔ یہ تو رامیشور جی ہیں۔ گاؤں کے زمیندار مہمان ہیں اپنے۔"

دونوں کتے زمیندار بچوں کی طرح وہاں سے چلے گئے۔ رامیشور کا وہم یقین میں بدل گیا تھا۔ پھلوا کرایہ دار نہیں، مالکن ہے کوٹھی کی، ذات کا گھمنڈی رامیشور حسد سے سلگنے لگا تھا۔

پھلوا رامیشور کی طرف دیکھ کر اُٹھ کھڑی ہوئی تھی۔ اس نے سامنے کے کمرے کا جالی دار کواڑ کھولا اور رامشیور کو اندر لے گئی۔ کوٹھی میں دس بارہ کمرے ہیں۔ دیواروں پر سٹمپر ہے۔ سنگ مرمر بچھا ہے۔ فرش دیکھ کر رامیشور کی آنکھیں چندھیا گئیں۔ اس کی گھر والی کانسے کی تھال بھی صاف نہیں کرتی ہے ایسے تو۔ پھلوا کے خاندان میں پانچ افراد ہیں۔ پھلوا، اس کا بیٹا رادھا موہن، بہورانی، ایک پوتا اور ایک پوتی۔

پھلوا بہت خوش تھی۔ ہوا میں تیرنے لگی تھی۔ وہ کوٹھی کی ایک ایک چیز رامیشور کو دکھائے گی۔ ایسی چیزیں جو گاؤں کے زمینداروں اور بنئے بامنوں کے بھی گھروں میں

شاید ہی ہوں۔ وہ رامیشور کو لاؤنج میں لے گئی۔ وہاں ڈائننگ سیٹ پڑا تھا۔ سفید سنمائیکا کے ٹیبل پر رامیشور نے جھک کر دیکھا، ٹیبل کے اندر بھی۔ ناک تک سرک آیا چشمہ ٹھیک کر کے پھلوا نے اسے بتایا۔ "رامیشور جی شام کو ہم سب یہیں بیٹھ کر کھانا کھاتے ہیں۔ مہمان بھی یہیں کھانا کھاتے ہیں۔ آج رات تم بھی یہیں بیٹھ کر کھانا کھاؤ گے۔"

رامیشور کو سوئی سی چبھی۔ اس کے یہاں تو مہمانوں کے لیے چٹائی بچھتی ہے۔ پھلوا کے دل میں ایک ایسا جوش تھا جو بخار کی طرح بڑھ بھی رہا تھا اور پھیل بھی رہا تھا۔ وہاں رکھے فریج کو اس نے کھولا۔ فریج میں پانی کی ٹھنڈی بوتلیں، کولڈ ڈرنکس، آم، سیب، سنترے وغیرہ رکھے ہوئے تھے۔ ایلمونیم کے باکس کے چوکوروں میں برف کے ٹکڑے تھے۔ پھلوا نے نکال کر رامیشور سے کہا۔ "ان خانوں کو پانی سے بھر دیتے ہیں۔ پانی برف بن جاتا ہے۔ ہم تو دودھ کی قلفی بھی فریج میں ہی جماتے ہیں۔"

پاس ہی مکسی رکھی تھی۔ رامیشور کی تجسس بھری آنکھیں جب اس پر ٹکی رہیں تو پھلوا نے اسے بتایا "یہ مکسی ہے رامیشور جی، اس میں آم، سنترے، انگور، گاجر اور ٹماٹر کا رس نکالتے ہیں۔ چورما بھی آنکھ کے سرمہ کی طرح ہی مہین ہو جاتا ہے اس میں۔"

پھلوا رامیشور کو رسوئی میں لے آئی۔ سنگ مرمر سے بنی رسوئی قیمتی برتنوں سے بھری پڑی تھی۔ رسوئی کو دیکھ کر رامیشور کی آنکھیں وہیں کی وہیں گڑی رہ گئیں۔ گیس تھی، پھلوا نے لائیٹر اٹھایا اور بٹن چالو کر کے چولھا جلا دیا۔ رامیشور کے ہاں چولھا پھونکتے اس کی گھر والی کی آنکھیں بہنے لگتی ہیں۔ پھلوا کا چولھا پلک جھپکتے ہی جل اٹھا تھا۔ پھلوا نے گیس بند کر دی تھی۔ وہاں نل لگا ہوا تھا۔ اس نے نل کھولا تو جھر جھر پانی بہنے لگا۔ پھلوا نے بتایا کہ "چوبیس گھنٹے پانی آنا ہے ہمارے نل میں۔"

سولہ سترہ سال پہلے کی بات رامیشور کو یاد آگئی تھی۔ پھلوا کی ذات کو زمیندار کے

کنویں پر چڑھنا منع تھا۔ وہاں جس کنویں سے پانی لاتی تھی وہ آدھا کوس دور تھا اس کے گھر سے۔ رامیشور کنویں پر نہار رہا تھا۔ پھلوا کنویں کے پکے گھر کے نیچے کھڑی تھی مٹکا لیے۔ وہاں رامیشور کو بار بار ہاتھ جوڑ رہی تھی۔ "آج مجھے گاؤں جانا ہے رامیشور جی دو بالٹی پانی انڈیل دو مٹکے میں۔"

پھلوا کا بار بار رامیشور کہنا رامیشور کو کاٹ گیا تھا۔ اس نے غصہ سے مٹکے پر تھوک دیا تھا۔ پھلوا نے مٹکا وہیں چھوڑ دیا اور روتی آنکھیں لیے گھر آئی تھی۔ یکایک پھلوا کی آنکھیں بھی گیلی ہو گئی تھیں۔ مانو اسے بھی وہ واقعہ یاد آ گیا ہو۔ جیسے دو ہاتھ ایک ہی وقت گلک میں پڑے ہوں۔ وقت تاجر ہے رامیشور آج بھی اسی کنویں سے پانی بھرتا ہے۔ پھلوا کی رسوئی میں بھی نل ہے۔

رامیشور کو ساتھ لے کر وہ ایک کمرے میں آ گئی۔ وہاں اس کی پوتی پڑھ رہی تھی۔ اسٹائل میں کٹے بال، اسکرٹ بلاؤز میں بیٹھی سولہ سال کی لڑکی رامیشور کی آنکھوں کی کرکری بن گئی۔ پھلوا کی پوتی کے جوڑ کی ایک بھی لڑکی نہیں ہے اس گاؤں میں۔ نکلتے قد کی یہ لڑکی کتنی خوبصورت ہے۔ لڑکی نے پڑھائی چھوڑ کر رامیشور کو نمسکار کیا اور پھر سے پڑھائی میں لگ گئی۔ وہ غصہ ہوا۔ اسے دیکھ کر پھلوا کی پوتی کھڑی نہیں ہوئی۔ دوسرے کمرے میں پھلوا کا پوتا بھی پڑھ رہا تھا۔ اپنی دادی ماں کے ساتھ رامیشور کو دیکھ کر اس نے نمسکار کیا اور اپنے کام میں جٹ گیا۔

پھلوا رامیشور کو اب اپنے کمرے میں لے گئی۔ اس بڑے کمرے میں دو پنکھے لگے تھے۔ کولر بھی تھا، دو پلنگ پڑے تھے۔ کولر آن کر کے وہ رامیشور سے بولی۔ "میں تو کبھی کبھار ہی چلاتی ہوں۔ جسم چپچپا ہو جاتا ہے۔" کولر بند کر دیا تھا پھلوا نے۔

پھلوا کی بات سن کر رامیشور غصہ سے اُبل پڑا۔ اس کا منہ نوچ لوں۔ کیسے چونچ چلا

رہی ہے پھلوا کی بچی۔ کھیت میں تو ہر اوبڑ کھابڑ جگہ لیٹ کر سو جاتی تھی۔ آج کولر سے جسم چھپاتا ہے۔ پھلوا نے جب رامیشور کو ہلایا تو وہ چونک پڑا۔ وہ اسے مہمانوں والے کمرے میں لے آئی۔ کمرے کی کشادگی دیکھ کر رامیشور کا روم روم سلگ اُٹھا۔ وہ کمرہ کیا تھا بڑا سا ایک ہال تھا۔ اس میں دو ڈبل بیڈ تھے۔ ان پر دل پر موہ لینے والے بستر بچھے تھے۔ ایسے صاف ستھرے کہ انگلی لگے تو میلے ہو جائیں۔ ایک طرف کلر ٹی وی رکھا تھا۔ پڑھنے کی میز تھی۔ دو تین کرسیاں پڑی تھیں۔ اندر ہی باتھ روم تھا۔ پھلوا بولی "رات کو تم یہیں سوؤگے۔ یہ کلر ٹی وی ہے۔ تمھیں بھائے تو چلا لینا۔"

پھلوا کی کوٹھی میں بے گنتی چیزیں تھیں جو قیمتی اور عجوبہ تھیں۔ وہ ان سبھی چیزوں کے بارے میں آج نہیں بتائے گی رامیشور کو۔ وہ ایک دو دن یہیں روکے گی اسے۔ شہر بھی دکھا لائے گی گاڑی میں بٹھا کر۔ وہ چھت کی سیڑھیوں کے پاس آئی تھی۔ اس نے رامیشور سے کہا "رامیشور جی آؤ چھت پر چلتے ہیں! وہ ٹک ٹک سیڑھیاں چڑھتی ہوئی چھت پر پہنچ گئی تھی۔ پھلوا بھول گئی تھی کہ اس کا بوڑھا جسم زیادہ چلنے پھرنے سے اس کی پنڈلیاں درد کرنے لگتی ہیں۔ چار سو گز کی کوٹھی پر چھت تھی۔ رامیشور کی آنکھیں مچمچا گئیں۔ یہ تو چھت کیا میدان ہے۔ اس کی حویلی کا جتنا آنگن، پھلوا کے گھر کی اتنی چھت۔ رامیشور نے ماتھا پیٹا۔ وقت وقت کی بات ہے۔ برسات میں ایک دن طوفان آگیا تھا۔ پھلوا کی کھپریل اڑ کر بکھر گئی تھی۔ تب اس نے ہی پچاس پولے گن کر دیے تھے اسے کہ وہ اپنی کھپریل سدھار لے گی۔

پھلوا رامیشور کو ساتھ لے کر اب ڈرائنگ روم میں آگئی تھی۔ اسے ڈرائنگ روم کہنا نہیں آتا ہے۔ وہ اسے بیٹھک ہی کہتی ہے۔ جیسے گاؤں میں کہتے ہیں۔ گاؤں میں مہمانوں اور آئے گئے کے لیے ہوتی ہے بیٹھک۔ ڈرائنگ روم میں صوفہ سیٹ پڑا تھا۔ بیچ میں

گرینائٹ کی سینٹر ٹیبل رکھی تھی۔ اسٹول پر فون رکھا تھا۔ دیواروں پر لکڑی کی زندہ جیسی تصویریں ٹنگی تھیں۔ تین طرف کی دیواروں میں تین الماریاں تھیں جن پر کانچ کے فریم جڑے تھے۔ ان میں طرح طرح کی خوبصورت مورتیاں رکھی تھیں۔ آمنے سامنے پینٹنگ کے بورڈ لگے تھے۔ فرش پر قیمتی مخملی قالین بچھی تھی۔ پھلوا بولی "رامشیور جی یہ اپنی بیٹھک ہے۔" اس نے صوفے کی طرف اشارہ کر کے اس سے کہا "بیٹھئے رامیشور جی۔"

رامیشور جب صوفے پر بیٹھا، چھ انچ نیچے دھنس گیا تھا۔

دکھوں سے جھُلسی پھلوا کے بدن پر پھپھولے پڑ گئے تھے۔ آج وہ اتنی بڑی کوٹھی میں بہت سکھی اور سکون سے تھی۔ اسے ماضی یاد آ گیا تھا۔ پھلوا کے کچے گھر کی کھپریل پر پھوس نہیں ہوتا تھا۔ سورج سارے دن اس کے گھر میں رہتا تھا۔ برسات باہر بھی ہوتی تھی اور گھر میں بھی۔ پانی نکالتے اس کے ہاتھ ٹوٹنے لگتے تھے۔ بے درد جاڑا دن رات گھر میں گھسا رہتا تھا۔ پھلوا نے چشمہ سرکا کر ڈرائینگ روم کو دھیان سے دیکھا۔ خوشی سے بوکھلا اٹھی وہ۔ اس کی آنکھوں میں پانی اتر گیا تھا۔ اس نے انگلیوں سے آنکھیں پونچھ کر رامیشور سے پوچھا "رامیشور جی کتنے بچے ہیں تمھارے؟"

رامیشور نے بتایا "تین لڑکیاں اور دو لڑکے ہیں۔ اب تو بڑے لڑکے کو بھی لڑکا ہو گیا ہے پھلوا!"

پھلوا سوچنے لگی، دو ایک دن میں جب رامیشور جی گاؤں میں جائیں گے تو اس کے تھیلے میں کھلونے رکھوا دوں گی۔ ایسے کھلونے پڑے ہیں، جو چابی بھرتے ہی دوڑتے ہیں، بولتے ہیں۔ گاؤں دوڑے گا دیکھنے، پھلوا نے بھیجے ہیں ایسے بھاگتے دوڑتے باتیں کرتے کھلونے۔ بچوں کی ایک بگھی بھی پڑی ہے مچان پر اسے بھی وہ رامیشور کو دے دے گی۔

پوتا کھیل لے گا۔

صوفے پر بیٹھا رامیشور بار بار اچک رہا تھا۔ مانو اس کے نیچے کچھ سلگ رہا ہو۔ اس نے سوکھا منہ چلایا اور جیب سے بیڑی ماچس نکال لی۔ بیڑی جلا کر اس نے تیلی قالین پر پٹک دی اور اس کے اوپر اپنی جوتی رکھ دی۔ اس نے بیڑی پی کر جلتا ٹوٹا وہیں پٹک دیا تھا۔ اسے معلوم تھا کہ پھونکی ہوئی بیڑی سگریٹ تیلی میز پر رکھی ایش ٹرے میں ڈالتے ہیں۔ لیکن اس نے جلن میں جان بوجھ کر ایسا کیا تھا۔ پھلوا چونکی تھی۔ "رامیشور جی بیڑی سلگ رہی ہے قالین جل گئی ہو شاید۔"

رامیشور نے گردن ہلائی "نہیں پھلوا بھابھی، جوتی سے رگڑ دیا ہے میں نے اسے۔" پھلوا اٹھی اس نے ٹوٹا اُٹھا کر ایش ٹرے میں پٹک دیا تھا۔ "بولی اچھا نہیں لگتا ہے۔" پھلوا نے آواز لگائی "کنور۔"

پچیس چھبیس سال کی ایک عورت وہاں آکر کھڑی ہو گئی تھی۔ بدن چھریرا تھا۔ رنگ سانولا تھا۔ منہ پر چیچک کے داغ ضرور تھے لیکن چہرہ بہتے پانی کی طرح صاف تھا۔ اس کی لال ساڑی پر ہری بوندیں تھیں۔ وہ ساڑی کا پلو ماتھے تک سرکا کر پھلوا کی طرف دیکھنے لگی تھی۔ پھلوا نے اس سے کہا "دو بڑھیا کافی بنانا اور برفی۔ نمکین اور گوند کے لڈو ساتھ لے آنا۔"

کنور لوٹ گئی تھی۔ رامیشور نے صافہ ہٹا کر سر کھجلایا تو کئی دنوں سے اَن دھلے اس کے سر سے خشکی اڑنے لگی تھی۔ اس نے دوبارہ صافہ سر پر رکھ لیا تھا۔ وہ سنجیدہ ہوتا چلا گیا تھا۔ پھلوا چالاک نکلی۔ اس نے سو پاپڑ بیل لیے لیکن رادھا موہن کے ہاتھ سے کتاب نہیں چھوٹنے دی ورنہ اس کی ہتھیلی تلے ہمارا ہل ہوتا۔

پھلوا نے چونگا اٹھایا اور نمبر گھما کر بولی، "ہیلو، کون، رادھا موہن؟"

"ہاں ماں۔"

"بیٹے رامیشور جی آئے ہیں۔ جلدی آ جانا گھر پر۔" پھلوا نے فون رکھ دیا تھا۔ رامیشور کی تیوری چڑھ گئی تھی۔ "باؤلی سی پھلوا میں اتنا سیانا پن آگیا ہے، فون بھی کر لیتی ہے۔"

کنور دو گلاس پانی رکھ گئی۔ وہ کافی، برفی اور گوند کے لڈو لے آئی تھی۔ کھڑی رہ کر اس نے پھلوا کے دوسرے کسی حکم کا انتظار کیا اور لوٹ آئی۔ کنور کی طرف دیکھ کر رامیشور پھلوا سے مخاطب ہوا، "بہو ہے تیری؟"

پھلوا نے بتایا، "نہیں رامیشور جی بہو نہیں۔ نوکرانی ہے اپنی۔ کنور نام ہے اس کا۔ ہم نے تو آج تک بے چاری سے پوچھا نہیں کہ کس ذات کی ہے۔ خود ہی کہتی ہے راجپوت گاؤں میں چھتیس ذاتیں ہیں۔ شہر میں دو ہی ذات ہوتی ہیں۔ امیر اور غریب۔ ایک دن کنور گیٹ کے سامنے آنکھوں میں آنسو بھرے سبک رہی تھی۔ جب میں وہاں گئی تو یہ میرے پاؤں پر گر پڑی۔ سسکیاں اور سبکیاں روک نہیں پا رہی تھیں اس کی۔ "اماں جی بھیک نہیں مانگوں گی، نوکرانی رکھ لو مجھے۔"

پھلوا نے آنکھوں سے چشمہ اتار کر اپنے ہاتھ میں لے لیا۔ کہنے لگی "رامیشور جی رحم آگیا مجھے اور میں نے اسے رکھ لیا۔ پانچ چھ سال کا ایک لڑکا بھی ہے اس کے ساتھ۔ آج اس کی طبیعت ٹھیک نہیں ہے۔ اندر سو رہا ہوگا" پھلوا نے دکھ بھرے اپنے گلے کو کھنکار کر کہا۔ "آدمی کتنے بے درد ہوتے ہیں رامیشور جی، کنور اَن پڑھ ہے۔ اس کا پڑھا لکھا آدمی افسر بنا کہ کنور اس کے من سے اتر گئی۔ اس نے کسی پڑھی لکھی لڑکی سے شادی کر لی ہے۔ بے چاری کنور نہ کورٹ جانتی ہے نہ کچہری جانتی ہے۔"

پھلوا نے آنکھوں پر چشمہ پھر چڑھا لیا اور ایک آہ بھری۔ "عورت کا بھروسہ! کنور

روز مانگ بھرتی ہے اور روز روتی ہے۔ اب تو کنور میری بیٹی سی ہے۔"

رامیشور شرما شرمندگی سے نیچے دھنستا چلا گیا تھا۔ اتنی بڑی ذات کی عورت پھلوا جیسی چھوٹی ذات کے گھر نوکرانی اور وہ بھی اس پھلوا کے گھر جو خود بے ہودہ جیسی بے کیف زندگی جیتی تھی۔ دوسرے ہی پل اس نے سینے پر رکھا پتھر خود سرکا دیا" آڑے وقت آدمی بے سہارا ہو جاتا ہے۔ ایک وقت راجہ ہریش چندر نے بھی نیچی ذات کے گھر پانی بھرا تھا۔"

کافی، برفی نمکین اور لڈو سب رامیشور کے سامنے رکھے تھے۔ اس کا دل بار بار للچا رہا تھا۔ کھا پی کر چٹ کر جا، کیا دھرا ہے ذات پات جیسی چھوٹی باتوں میں ؟ اس کا دھرم آڑے آ گیا تھا۔ اس نے دو تین لمبی سانسیں لیں اور پوچھا" پھلوا، پنڈت ماتا پرساد جی کی کوٹھی بھی تو اسی کالونی میں ہے نا؟"

"ہاں ان کا مکان یہاں سے دو تین گلی آگے ہے۔ تم کچھ کھا پی لو۔"

رامیشور نے بہانہ بنایا" کیا بتاؤں بھابھی، میں نے داڑھ نکلوائی تھی کل، درد سے دہرا ہوا جا رہا ہوں۔"

"میں نے بھیا کو فون کر دیا ہے وہ آتے ہی ہوں گے۔ ان سے مل لینا وہ بڑے افسر ہیں۔ کوئی کام ہو تو بتا دینا بے جھجک۔"

رامیشور کے گال پر جیسے طمانچہ سا پڑا۔ ان کی عاجزی کرتے پھلوا کا منہ بسورا رہتا تھا۔ آج وہ اسی پھلوا کے بیٹے سے اپنے بیٹے کی نوکری کی سفارش کرے گا۔ ارے چلو بھر پانی میں ڈوب کر مر جائے گا۔ رامیشور سنگھ۔

صوفے پر بیٹھا رامیشور جب بار بار اچکنے لگا تو پھلوا نے آواز لگائی۔

"کنور۔"

"کنور دوڑی دوڑی آئی۔ "حکم اماجی۔" وہ کھڑی ہو کر پھلوا کی طرف دیکھنے لگی تھی۔

"بہورانی کو بھیجنا۔ رامیشور جی سے مل لے گی۔"

سنتی گوری چٹی تھی۔ بدن چھریرا تھا۔ گلابی رنگ کا سوٹ اس کے بدن پر خوب سج رہا تھا۔ اس کے ہاتھوں میں سونے کے کڑے، کانوں میں سونے کے ٹاپس، گلے میں سونے کا منگل سوتر تھا۔ اس کے بالوں میں سونے کی کلپ کھنسی تھی۔ چھتیس سینتیس کی عمر میں بھی وہ پچیس کی لگتی تھی۔ پھلوا نے اس سے رامیشور کا تعارف کرایا۔ "بہورانی یہ رامیشور جی ہیں، اپنے گاؤں کے زمیندار۔"

سنتی نے رامیشور کو نمسکار کیا۔ تھوڑی دیر وہ کھڑی رہی اور پھر لوٹ گئی۔ رامیشور دانت گھسنے لگا تھا۔ اس کی آنکھیں چڑھ کر سرخ ہو گئی تھیں۔ وہ تو سوچ کر بیٹھا تھا کہ بہو گز بھر گھونگھٹ میں آکر اس کے پاؤں چھوئے گی، آئی ہے جیسے گاؤں کی چھوری ہو۔ نہ عزت، نہ احترام، اگر ایسی بے ہودگی گاؤں میں ہوتی تو اس کا جھونٹا پکڑ کر کھینچتا اور۔۔۔۔

پھلوا نے رامیشور کے دل کی بات پکڑ لی۔ "رامیشور جی، پڑھی لکھی میم صاحب ہے، اسے گھونگھٹ کرنا نہیں آتا۔" وہ ہلکی سی ہنسی، "بھاگوں والی ہے۔ بیاہ ہوا اور رادھا موہن کے ساتھ شہر آگئی۔ تمھاری حویلی تو اس نے دیکھی تک نہیں۔"

رامیشور اُٹھ کھڑا ہوا تھا "پھلوا پنڈت جی کا پلاٹ نمبر بتا دے۔ میں چلا جاتا ہوں۔"

پھلوا اٹھی اور الماری سے فولڈنگ چھاتا نکال لیا۔ چھاتا بغل میں دبا کر کہنے لگی "نہیں رامیشور جی اچھا نہیں لگتا ہے میں چھوڑ کر آؤں گی تمھیں۔"

گیٹ سے باہر نکل کر وہ دس پندرہ قدم ہی چلے ہوں گے کہ ایک ماروتی کار کوٹھی کے سامنے آکر رُک گئی تھی۔ پھلوا نے پیچھے مڑ کر دیکھا۔ رادھا موہن کار سے اتر رہے تھے۔ اس کے پاؤں وہیں ٹھٹک گئے اور رامیشور سے کہنے لگی "واپس چلو بھیا آ گئے ہیں۔

ان سے مل لو پہلے۔"

رامیشور نے آگے کی طرف قدم بھرتے ہوئے کہا، "پھلوا، بادل بول رہے ہیں برسات آئے گی جلدی کر تو۔"

ایسا نہیں کہ وہ آج بھی رامیشور سے ڈرتی تھی یا اس کے احسانوں سے دبی ہوئی تھی۔ وہ مہمانوں کو بھگوان ماننے والی عورت تھی۔ پھر اپنی شہرت دکھانے کا بہت ہی سنہرا موقع ہاتھ لگا تھا اس کے۔ پھلوا نے من میں اُٹھے غصہ کو وہیں دبا دیا تھا۔

پنڈت ماتا پرساد کا مکان آ گیا تھا۔ کولتار کے دو ڈرم سیدھے کر کے گیٹ بنایا ہوا تھا۔ گیٹ محض آڑ تھی۔ گیٹ کے پاس ہی لیٹرین اور باتھ روم تھے۔ لیٹرین کے دروازے پر بوری کا پردہ جھول رہا تھا۔ باتھ روم میں فرش نہیں تھا۔ دو کمرے تھے۔ سٹا ہوا گیرج تھا۔ گیرج ہی میں رسوئی تھی۔ رسوئی میں تھوڑے سے برتن تھے۔ پنڈت ماتا پرساد کی پوتی بتی والے اسٹو پر وہاں روٹیاں سینک رہی تھی۔ پھلوا کی کوٹھی دیکھ کر رامیشور کی آنکھیں غصہ اور نفرت سے سکڑی ہوئی تھیں۔ پنڈت جی کا مکان دیکھ کر اس کی آنکھیں حسرت اور تعجب سے پھیل گئی تھیں۔ یہ تعجب افسوس اور خدمت کے جذبے سے بھرا ہوا تھا۔

پنڈت ماتا پرساد کی بیوہ اور پھلوا کے بیچ گاؤں میں چاہے کتنی ہی دوریاں تھیں، ایک دوسرے سے کپڑے بچا کر چلتی تھیں، لیکن شہر آ کر وہ دونوں دانت کاٹی روٹی کھانے لگی تھیں۔ پرتی کے مکان پر بھی پھلوا اپنے گھر جیسا حق سمجھتی تھی۔ پنڈتائن کا پورا مکان دکھا کر وہ اسے ایک کمرے میں لے گئی۔ کمرے میں دو چارپائیاں، وہ کرسیاں اور ایک اسٹول پڑے تھے۔ پھلوا چارپائی پر بیٹھ گئی اور کرسی کی طرف ہاتھ کر کے بولی، "بیٹھئے رامیشور جی۔"

پرتی، اس کی بہو اور پوتی، باہر گئی تھیں۔ وہ لوٹ آئی تھیں۔ صرف کھانسی کی آواز

سن کر پنڈ تائن یہاں آگئی تھی۔ اس کی بہو اور پوتی دوسرے کمرے میں چلی گئی تھی۔ اس کے بھورے گھنگھریالے بال سفید اور مٹ میلے سے ہو گئے تھے۔ اس کی پلکوں پر سفیدی آگئی تھی۔ سفید ساڑی اور سفید بلاؤز میں لپٹی سفیدی کا پُتلا سی لگ رہی تھی۔ رامیشور اٹھا اور اس کے پاؤں چھوئے۔ پنڈ تائن نہیں پہچان پائی کہ وہ کون ہے؟ رامیشور کھڑا ہو گیا اور ہاتھ جوڑ دیے۔ "دادی میں ہوں رامیشور۔ آپ کا پوتا۔"

"ہوں۔۔۔۔" اس نے چشمے کے اندر آنکھیں جھپکائیں۔

"نہیں پہچانا، زمیندار بلکار سنگھ کا بیٹا، رامیشور۔"

پنڈ تائن ایک دُکھ سے بھری آہ بھری، "اوہ! رامیشور۔"

وہ دس بارہ سال بعد اس سے مل رہی تھی۔ رامیشور کو دیکھ کر اس کا ماتھا ٹھنک گیا۔ پھلوا کو پا کر وہ گدگد ہو گئی۔ ایک ہفتہ بعد ملی ہے پھلوا اس سے۔

وہ اسے پھلوا انھیں پھول ونتی کہتی تھی۔ تاکید کی 'دیکھ پھول ونتی، تو نے ہی ایک دن کہا تھا نا، تو مجھ سے ایک سال بڑی ہے۔ جب بڑی ہے تو پائنتی بیٹھ کر مجھے پاپ کا حصہ دار بنائے گی۔"

رامیشور نے صافہ اتار کر سر کھجلایا اور پھر اسے سر پر رکھ لیا۔ رامیشور جیسے بھنور میں پھنسا کوئی تنکا۔ پنڈ تائن پائنتانے اور پھلوا سرہانے۔ دہلیز کی اینٹ، چوبارے مناسب اور نامناسب کے بیچ حسد اور نفرت اپنی جلن پیدا کر رہے تھے جیسے اَدھ پکے پھوڑے میں پیپ اور خون۔

پرتی کی پوتی تین کپ چائے لے آئی تھی۔ اس نے اسٹول پر ٹرے رکھی اور لوٹ گئی۔ بھوک سے بے حال رامیشور نے کپ اٹھالیا اور گھونٹ گھونٹ پینے لگا۔ پھلوا نے کپ اٹھایا اور پنڈ تائن کے کپ میں انڈیلنے لگی "دن بھر میں دس چائے ہو جاتی ہے پرتی اور وہ

دونوں ایک دوسرے کو ہاتھ مار مار کر باتیں کرنے لگیں۔ رامیشور گال پر ہاتھ رکھے ان کی باتیں سنتا رہا۔ جیسے سانپ سیڑھی کا کھیل دیکھ رہا ہو۔

پھلوا نے کپ رکھ دیا اور اٹھتے ہوئے اپنا چھاتا سنبھالا۔ رامیشور سے بولی "رامیشور جی صبح کوٹھی پر آجانا۔ اتنے میں تمھاری داڑھ کا درد بھی ٹھیک ہو جائے گا۔ دیسی گھی کا حلوہ بنواؤں گی کنور سے۔"

پنڈ تائن نے دو تین بار کھاٹ تھپک کر پھلوا کی طرف ایک اشارہ کر دیا تھا۔ پھلوا سمجھ کر بولی۔ "پَرتی پوتی کو بھیج دے میرے ساتھ، چھوڑ آئے گی مجھے۔"

رامیشور نے اپنی کرسی پنڈ تائن کے نزدیک سرکالی۔ اعتماد اور اُمید بھرے لہجے میں بولا "دادی، گاؤں میں کیا دھرا ہے، موج میں ہو یہاں۔"

"ہاں ٹھیک ہوں۔"

"دادی، دادا نظر نہیں آرہے ہیں۔"

"دو سال ہو گئے ان کا دیہانت ہوئے۔" پنڈ تائن کی آنکھیں بھر آئی تھیں۔

وہ دونوں کچھ دیر تک نیچے دیکھتے رہے جیسے سوگ میں ڈوبے ہوں۔

پنڈ تائن نے آنکھیں پونچھ کر اس سے پوچھا "کس کام سے آیا تھا رامیشور تو؟"

رامیشور نے پنڈ تائن کے پاؤں دبانے کے لیے ہاتھ بڑھائے تو اس نے اپنے پاؤں سکیڑ لیے۔

وہ کھسیا کر بولا۔ دادی آپ کا پوتا ہے نادیپ سنگھ۔ اس نے پانچ چھ سال پہلے میٹرک پاس کر لی تھی۔ اب مارا مارا پھر رہا ہے۔" وہ تھوڑا رُک کر بولا۔ دادی سو بیگھا زمین تھی میرے باپ کے نام، ہم پانچ بھائیوں میں بٹ گئی۔ بیس بیس بیگھا۔ زمینداری نہیں رہی اب۔ دیپ سنگھ کو کہیں نوکری پر لگوا دو۔"

پنڈ تائن نے چشمہ اتار کر کھاٹ پر رکھ دیا اور چوندھیائی آنکھیں مچمچانے لگیں۔

"پھول ونتی کی کوٹھی پر گیا تھا تو؟"

رامیشور نے سوکھا تھوک نگلا۔ "دادی، چھلو اچاہے سونے کی ہو جائے، رہے گی اسی ذات کی۔ میں نے تو اس کے گھر کا پانی تک نہیں پیا۔ دھرم خراب ہونے سے مر جانا اچھا سمجھتا ہے رامیشور۔"

پنڈ تائن نے اسے ڈپٹا "تو تو کنویں کا مینڈک ہی رہا رامیسریا۔ اب تو رتبہ اور پیسے کا زمانہ ہے۔ ذات پات کا نہیں۔ ایس پی ہے ایس پی۔ ایک بات بتاؤں تجھے، جا کر میم صاحب کے پاؤں پکڑ لے اور تب تک مت چھوڑنا جب تک وہ ہاں نہ کہہ دے۔" پنڈ تائن نے ایک ٹھنڈی سانس لی "پاؤں چھوؤں بہورانی کے، میرے بیٹے کو تو اسی نے دوسری زندگی دی ہے۔"

رامیشور کے جسم پر جیسے کسی نے تیزاب انڈیل دیا تھا۔ جس عورت کو وہ دروپدی سا بے آبرو کرنے کی سوچ رہا تھا۔ اسی کے پاؤں پکڑ لیے۔ پنڈ تائن نے یہ کیسی بات کہہ دی۔ اگر دوسرا ہوتا تو گلے پر انگوٹھا رکھ دیتا۔

پنڈ تائن کی پوتی تھالی لے آئی تھی۔ پنڈ تائن کی بات سے رامیشور کا جی ایسا اترا ہوا تھا کہ آلو کی سوکھی سبزی اور چپڑے پھلکے بھی بھر پیٹ نہیں کھا سکتا تھا وہ۔

پنڈ تائن فکر میں تھی۔ لڑکا باہر ٹور پر گیا تھا۔ دو کمرے ہیں۔ ان کے بیچ میں دیوار ہے لیکن گیٹ ہے۔ گیٹ پر پردہ ہے۔ کواڑ نہیں ہے۔ پردہ تو شرم ہوتا ہے۔ جوان لڑکیاں ہیں۔ زمیندار اور جانور کا کیا بھروسہ؟ اس کی نیت کب خراب ہو جائے؟ اس نے چشمہ پہنا اور اٹھتے ہوئے کہا "رامیشور ہار تھک رہا ہو گا تو، بستر لگا دیا ہے تیرے لیے۔ آ میرے ساتھ۔"

چار پائی پر پڑے بستر کو دیکھ کر رامیشور کے تن من میں آگ لگ گئی تھی۔ یہ تو وہی بستر تھا جو پھلوا کے ایک کمرے میں پڑا تھا۔ رامیشور نے بے بس سی سانس بھری۔ دوسری ذات کی گائے بھینس بکری جب برہمن کے گھر آ جاتی ہے تو برہمن بن جاتی ہے۔ رات نکال رامیشور۔

ایک کونے میں بکری کھڑی تھی۔ گیٹ کے پاس کتا بندھا تھا۔ پنڈتائن کتے کی زنجیر کو ایک گانٹھ مار کر کہنے لگی "رامیشور، کتا بیمار ہے، کھانسے گا ضرور، اندر کی کنڈی لگا کر چپ چاپ سو جاتو تو۔"

بکری کی مینگنیوں اور پیشاب کی بدبو سارے گیرج میں بھری ہوئی تھی۔ کتے کی کھوں کھوں الگ۔ رامیشور کی نیند کوسوں دور بھاگ گئی تھی۔ اسے رہ رہ کر پھلوا کی کوٹھی یاد آنے لگی۔ وہ آنکھیں میچے، کروٹ بدلتا لیکن نیند نہیں آتی تھی۔ ایکا ایکی کتے کی کھانسی بڑھ گئی اور وہ الٹی کرنے لگا تھا۔ بدبو سے رامیشور کے نتھنے پھٹنے لگے۔ متلی آگئی اسے۔ وہ چار پائی پر اٹھ کر بیٹھ گیا تھا۔ اس نے بتی جلا کر گھڑی دیکھی۔ پونے بارہ بجے تھے۔ اپنا بیگ لے کر وہ باہر نکل آیا تھا۔ آکاش میں بجلی چمک رہی تھی اور بوندیں گرنے لگی تھیں۔ اس کے قدم اپنے آپ ہی پھلوا کی کوٹھی کی طرف بڑھنے لگے تھے۔

رامیشور نے جب پھلوا کی کوٹھی کے گیٹ پر ہاتھ رکھا تو گیٹ کے باہر آوارہ کتے اور کوٹھی کے اندر پالتو کتے بھونکنے لگے تھے۔

(۴) سُومنگلی

کاویری

"آہ! اوماں! آہ" بخار سے سگیا بے چین ہے۔ بدن کے درد سے کہیں زیادہ درد اس کے دل میں ہے۔ کیوں کہ اپنے پن کے دو لفظ کسی سے نہیں ملے۔ اس بھری دنیا میں اس کا اپنا کہلانے والا ہے بھی کون؟ کوئی تو نہیں۔ صرف منگلی کتیا ہی ہے جسے وہ اپنا کہہ سکتی ہے۔ اپنی مزدوری کا آدھا حصہ منگلی کو ہی کھلاتی ہے اور آدھے سے اپنا گزارا کرتی ہے۔ جو پیار اسے انسان نہیں دے پایا، وہ پیار اس جانور سے ملا ہے۔

"کوں ــــ کوں ــــ کوں ــــ کوں" منگلی سگیا کے بستر سے لگی بیٹھی تھی۔ سگیا کو اٹھتے دیکھ وہ بھی اُٹھ بیٹھی۔ سگیا اسے اپنی طرف کھینچ لیتی ہے۔ آ منگلی! تجھے میں کیا کہوں؟ بہن، بیٹی، ماں یا دادی؟ تو ہی تو میرے لیے سب کچھ ہے۔ جب سے اس جھونپڑی میں آئی ہوں، تم بھی اسی دن سے ساتھ دے رہی ہو۔ ساتھ دینے کی وجہ بھی تھی۔ ڈراؤنی کالی رات، موسلا دھار بارش اور دل دہلا دینے والی کڑکتی بجلی۔ ڈر کے مارے جان نکلی جارہی تھی۔ اس وقت تو ہمدرد سہیلی کی طرح جھونپڑی کے باہر بھیگ رہی تھی۔ اس وقت ہم دونوں کو ایک ساتھی کی ضرورت تھی۔ جو کالی ڈراؤنی رات کا سہارا بن سکے۔ لیکن ایسا ہمدرد کہاں ہے جو تمھیں چھوڑ دوں۔؟ آ ــــ آ ــــ اور نزدیک آ۔"

سگیا کو اپنی کہانی معلوم نہیں۔ کس نے اسے جنم دیا اور کس نے پالا۔ کچھ بھی تو نہیں جانتی وہ۔ جب سے ہوش سنبھالا تبھی سے اس کی کہانی کی شروعات ہوتی ہے۔ جب وہ

آٹھ یا نو سال کی تھی، اپنے کو ٹھیکیدار کی رکھیل ہی سمجھا تھا۔ ٹھیکیدار کے حوالے اسے کس نے کیا تھا یاد نہیں۔ ٹھیکیدار کے مزدوروں کے بیچ وہ بھی کام کرتی۔ دن بھر محنت کرتی تھی اور رات میں کھانا کھانے کے بعد بے کھٹکے سو جاتی تھی۔ سونے کے لیے بھلا غالیچا لگا کمرہ کہاں نصیب ہوتا؟ بس کھلے آسمان کے نیچے ہی اپنی گدڑی بچھا کر سو جاتی۔ جب بلڈنگ تیار ہو جاتی تو گھر کا کچھ سکھ محسوس کر لیتی۔ بعد میں تو ان کے جھولے بے رحمی سے باہر پھینک دیے جاتے۔ سگیا کو یہ سب اچھا نہیں لگتا۔ مر مر کر گھر تیار کرو۔ پر حرامزادے تھوڑے دن بھی چین نہیں لینے دیتے۔ پھینکو پھینکو، سامان باہر نکالو۔ مکان الاٹمنٹ ہو گیا۔ پر اسے سمجھ میں نہیں آتا کہ یہ موا الاؤٹمنٹ اور فیلاؤٹمنٹ کیا ہوتا ہے۔ اسے لگتا ہے یہ تو بس ہماری گدڑی اور گٹھری کو باہر پھینکنے کا ایک بہانہ ہے۔ بے چاری حسرت بھری نظر سے دیکھتی ہی رہ جاتی۔ سگیا جب بارہ سال کی تھی، تبھی اسے عورت بنا دیا گیا تھا۔ اسے یاد ہے وہ کالی منحوس رات، اپنی ٹولی کے بیچ وہ بے خبر سوئی ہوئی تھی۔ اچانک اس کے جسم پر کچھ وزن سا محسوس ہوا اور اس پر ایک راکشش نما سایہ سوار تھا۔ وہ چیختی رہی، سسکتی رہی، بھگوان کا واسطہ دیتی رہی۔ پر اس کی چیخ پکار رات کے اندھیرے میں غائب ہو گئی اور اس وحشی درندے نے، بھوکے بھیڑیے ٹھیکے دار نے اپنی من مانی کر کے ہی اسے چھوڑا۔ درد کے مارے وہ بے ہوش ہو گئی۔ اس کے سارے کپڑے خون سے تر تھے۔ اس کے جسم کا پور پور پھوڑے کی طرح دکھ رہا تھا۔ صبح آنکھ کھلتے ہی ایک بڑھیا اس کی خدمت کرتی نظر آئی۔ وہ بڑھیا کوئی اور نہیں ساتھ میں کام کرنے والی دکھنا کی ماں تھی۔ اسے قریب پا کر وہ پھوٹ پھوٹ کر رو پڑی تھی۔ اس کی گود میں سر چھپا کر کئی گھنٹے تک اپنی بربادی کا ماتم مناتی رہی۔ روتے روتے اس کی بڑی بڑی آنکھیں انگاروں کی طرح دہک اٹھی تھیں۔ دکھنا کی ماں نے ڈھارس دیتے ہوئے کہا تھا

"چپ بیٹی، چپ رہ۔ یہ تو ایک نہ ایک دن ہونا ہی تھا۔ پر تو بڑی ابھاگن ہے ری جو اس چھوٹی سی عمر میں ہی سب کچھ جھیلنا پڑا۔ اب ایک دم چپ ہو جا ورنہ اس بھوت کو معلوم ہو گیا تو تیری چمڑی ادھیڑ کر رکھ دے گا۔ ہاں ہم غریبوں کا جنم ہی اسی لیے ہوا ہے۔ ہماری محنت سے عمارتیں بنتی ہیں اور اس انعام کے بدلے ہمارے جسم کو روندا جاتا ہے۔

سگیا کو دوادارو کے بل پر جلد ہی اچھا کر دیا گیا۔ سارا خرچ اسی کمینے ٹھیکیدار نے اٹھایا تھا۔ لیکن اس دن کے بعد سے تو سگیا پر ظلم کا سلسلہ شروع ہو گیا۔ کسی میں اتنی ہمت نہیں تھی جو ٹھیکیدار کے خلاف آواز اٹھاتا۔ سگیا دن پر دن ٹوٹتی جا رہی تھی۔ بکھرتی جا رہی تھی۔ پر کس سے کہے اپنا دکھ۔ اگر کام چھوڑتی ہے یا ظلم کے خلاف آواز اٹھاتی ہے تو بھوکوں مرنے کی نوبت آ جاتی ہے۔ یہ پاپی پیٹ جو نہ کروائے۔ ہاں دکھنا کبھی اپنائیت بھرے ہمدردی کے دو لفظ کہہ جاتا ہے۔ وہ موقع پا کر دکھنا کو اپنا دکھ سنا دیتی۔ دکھنا بھی بھلا کیا کر سکتا تھا۔؟ اسے معلوم تھا کہ جب تک ٹھیکیدار اسے پوری طرح نچوڑ نہیں لے گا، چھوڑے گا نہیں۔ سگیا دکھنا کو ہمت بھی دلاتی۔ لیکن اس میں اتنی ہمت نہ تھی کہ ٹھیکیدار کے ساتھ الجھے۔ وہ جانتا تھا کہ اس بھیڑیے کے پنجے سے کسی کو چھڑانا آسان کام نہیں ہے۔ سگیا ہار مان کر خاموش رہ جاتی۔ چودہ سال کی عمر میں وہ ماں بن گئی۔ جب بچہ پیدا ہوا تو بدنامی کے ڈر سے ٹھیکیدار کے ہوش اڑ گئے۔ اس نے دکھنا کو ڈانٹ پھٹکار کر سگیا کے ساتھ سگائی کروادی۔ دکھنا نہ چاہتے ہوئے بھی مجبور ہو کر تیار ہو گیا۔

دکھنا کے ساتھ سگیا کی گرہستی کی گاڑی بڑے مزے سے دوڑتی جا رہی تھی۔ پر بد نصیب کی خوش نصیبی شاید بھگوان کو بھی نہیں سہاتی۔ اچانک ہی سگیا کے سر پر پہاڑ گر پڑا۔ ایک دن دکھنا راج مستری کو چار منزلہ بلڈنگ پر اینٹ اور گارا دے رہا تھا۔ اچانک توازن کھو جانے سے اس کا پیر پھسل گیا۔ دھم کی آواز نے سبھی کو متوجہ کر لیا۔ چاروں

طرف سے لوگ دوڑ پڑے تھے۔ تھوڑی ہی دیر میں یہ خبر آگ کی طرف پھیل گئی۔ ٹوکری پٹک کر سگیا بھی دوڑی۔ پیٹھ پر باندھا بچہ نہ جانے کب گر گیا۔ اسے بھی ہوش نہیں۔ وہ تو دکھنا کی ماں کی مہربانی سے بچہ بچ گیا۔ سگیا پتھرائی آنکھوں سے پل بھر دُکھنا کے خون سے لت پت بے جان جسم کو دیکھتی رہی۔ پھر پچھاڑ کھا کر گر پڑی ہائے سوامی! تم بھی مجھے چھوڑ چلے، مت جا سوامی۔ مجھ سے مت روٹھ۔ میں کس کے سہارے جیوں گی!۔ آ۔۔۔۔ ہ۔۔۔۔ ہ!" بہت مشکل سے سگیا کو سنبھالا گیا تھا۔ پھر کب کیا ہوا کچھ پتہ نہیں۔ وہ تو دو دن تک بے ہوش پڑی رہی۔ جب بھی تھوڑا ہوش آتا۔ اس کے ہونٹ پھڑ پھڑا اٹھتے "مت جا۔۔۔۔ مجھے بھی ساتھ لے چل۔" کچھ دنوں بعد سگیا اور اس کا بچہ دونوں ٹھیک ہو گئے۔ پر سگیا کے لیے اب چاروں طرف اندھیرا تھا۔ وہ جائے تو کدھر جائے۔ اگرچہ اس کے بیٹے کا اصلی باپ زندہ تھا۔ پھر بھی دنیا کی نظروں میں وہ بنا باپ کا ہی بچہ تھا۔ سب جانتے ہوئے بھی پتا کا بھرپور پیار دُکھنا نے ہی اس بچے کو دیا تھا۔ سگیا کو اس نے اس بارے میں کبھی بھول سے بھی ایک لفظ نہیں کہا تھا۔ وہ بے چاری خود ہی احسانوں سے دبی رہتی۔ دونوں کا پیار بھگوان کو بھی نہیں بھایا۔ دکھنا کو ہمیشہ کے لیے اس سے چھین لیا۔ سگیا ایک پل کے لیے اسے نہیں بھولتی۔ بنا اسے کھانا کھلائے وہ خود کبھی نہیں کھاتی تھی۔ اب تو ایک نوالہ بھی منہ میں ڈالنا اس کے لیے دوبھر تھا۔ تھالی میں ہاتھ ڈالتے ہی پھپھکنے لگتی۔ پھر بھی اس کے لیے نہ سہی، اس معصوم کے لیے تو جینا ہی تھا۔ ہر پل دکھنا یاد آتا۔ مرد آخر مرد ہی ہوتا ہے۔ ان کا آپسی پریم دیکھ کر مزدور بھی جلتے تھے۔ دکھنا کی ماں کو کئی بار لوگ چھیڑتے "ارے جا جا بڑی پوتے والی بنی پھرتی ہے جیسے سچ مچ یہ دکھنا کا بیٹا ہو۔"

بڑھیا بھی اینٹ کا جواب پتھر سے دیتی۔ "ارے جا۔۔۔۔ جا۔۔۔۔! بڑا آیا ہے

دودھ دھویا بننے، کسی کو کچھ کہنے سے پہلے اپنے گریبان میں بھی جھانکا ہوتا۔ تو کس کا پاپ ہے مجھے پتہ ہے۔" پھر اپنے آپ اس کی آنکھوں سے آنسو بہنے لگتے۔ وہ پھر کہنے لگتی "ہم غریبوں کی یہی زندگی ہے، جینے والا بنا دوسروں کو گرائے کچھ اوپر نہیں اُٹھ سکتا رے۔"

سگیا کو ایک ایک بات یاد آنے لگتی تو ماتھے پر ہاتھ رکھ کر ٹپ ٹپ آنسو ٹپکانے لگتی۔

دکھنا نے بچے کا نام سکھ دیو رکھا تھا۔ ایک دن سکھ دیو کو بہت تیز بخار آگیا۔ سگیا کے پاس ایک پھوٹی کوڑی بھی نہیں تھی۔ سب سے پیسے مانگ کر تھک گئی۔ کہیں بھی بات نہ بنی۔ آخر میں خیال آیا اسی راکھشش ٹھیکیدار کا جو فی الحال اس کی مدد کر سکتا تھا۔ آخر بیٹا تو اسی کا ہے۔ ضرور مدد کرے گا۔ ممتا کی مورتی ماں اس بھیڑیئے کے سامنے اپنا آنچل پھیلا کر گڑ گڑا رہی تھی "بابو سکھ دیو کو بہت زور کا بخار ہو گیا ہے۔ ذرا چھو کر دیکھ لو بابو۔ اگر اسے فوراً ڈاکٹر کے پاس نہ لے گئی تو کچھ بھی ہو سکتا۔ بس دو حاضری کے روپے دے دو بابو۔ بڑی مہربانی ہو گی۔"

ٹھیکیدار مونچھ پر تاؤ دیتے ہوئے بولا۔ "آ پہلے اِدھر تو آ میری بلبل! مجھے یقین تھا کہ تم خود ایک دن میرے پاس آؤ گی۔ مجھے بلانا نہیں پڑے گا۔"

"بابو اسے فوراً اسپتال لے جانا ہے۔ دکھیا پر رحم کرو۔" وہ بولی۔ لیکن وہ ہوس کا پجاری اپنے ہی نشے میں چور اس کی کچھ نہ سن سکا۔ بچے کو گود سے چھین کر الگ ہٹا دیا۔ سگیا گڑ گڑاتی رہ گئی۔ "بابو ایسا ظلم مت کرو آخر تمھارا ہی تو بیٹا ہے۔ پہلے اس کی جان بچاؤ۔"

"ہوں ــــ ہوں ــــ" "میرا بیٹا۔ چھنال، رنڈی، ایسی بات منہ سے نکالی تو گلا گھونٹ دوں گا۔ سو مرد کے پاس رہ کر مجھے بدنام کرتی ہے۔ خبردار جو دنیا کی گندگی کو میرے منہ پر پھینکنے کی کوشش کی۔ سگیا بت کی طرح اپنے دم توڑتے بچے کو دیکھتی رہی۔ پھر ایک ہلکی سی امید لیے اپنے آپ کو حالات کے حوالے کر دیا۔ کوئی ماں اپنے بچے کو

بچانے کے لیے اس سے بڑی قربانی اور کیا دے سکتی ہے؟ ایک طرف اس کے جسم سے کھیل ہو رہا تھا۔ دوسری طرف اس کا بچہ بے جان سا پڑا تھا۔ سگیا اپنی زندگی سے تنگ آ گئی تھی۔ کیسی بے بس ماں تھی وہ۔ اپنی ہوس بجھا کر اس راکھشش نے ایک نیا پیسہ دینا تو دور، اسے فوراً اپنی نظروں سے دور ہو جانے کو کہا۔ اپنی بد نصیبی پر سبکتی بچّے کو چھاتی سے چپکائے کوڑا پھنکوانے والے ٹھیکیدار کے پاس بھاگی بھاگی گئی۔ پر ہر ٹھیکیدار اسے ایک جیسا لگا۔

اس کی جوانی کو گھورتی ہوئی دو خونخوار آنکھیں اسے ہر جگہ ملیں۔ ایک پل گنوائے بغیر وہ پاس کی ڈسپنسری کی طرف بھاگی اور جا کر ڈاکٹر کے پیر پر بچے کو رکھ دیا۔

آنسوؤں کے پھیلاؤ کو بڑی مشکل سے روکتی ہوئی وہ بولی۔ "ڈاکٹر بابو بھگوان کے لیے اس بچے کو بچا لو۔ آپ جو بھی قیمت چاہو دینے کے لیے تیار ہوں۔ جلدی کرو صاحب، ورنہ بچے کو کچھ ہو جائے گا۔"

اس بد نصیب کو شاید پتہ نہیں تھا کہ بچہ تو کب کا دم توڑ چکا تھا۔ اس نے بڑی مشکل سے سگیا کو اپنے پیروں سے الگ کر کے بچے کو دیکھا۔ وہ لمبی سانس کھینچ کر بولا۔ "بے انصافی ہو گئی، آنکھوں میں آنسو آ گئے۔ سگیا کے سر پر ہاتھ پھیرتے ہوئے کہا۔ "بیٹی تم نے آنے میں دیر کر دی۔ اب کوئی بھی ڈاکٹر اسے زندہ نہیں کر سکتا۔"

سگیا کے اوپر پھر ایک مصیبت! اسے یقین نہیں آ رہا تھا۔ وہ پاگل کی طرح چلانے لگی۔ "نہیں ایسا نہ کہو بابو، کہہ دو یہ جھوٹ ہے! جھوٹ ہے۔ میرا بچہ ٹھیک ہے۔ ٹھیک سے دیکھو بابو۔" اس کے بلکنے کو دیکھ کر سبھی مریضوں کی آنکھیں نم ہو آئی تھیں۔ بڑی کوشش کے بعد اسے یقین دلایا گیا کہ بچہ مر گیا ہے۔ وہ چھاتی پیٹتی جھونپڑپٹی میں آ گئی تھی۔ وہ بچے کے کریا کرم کے بعد تک بے ہوش تھی۔ آنکھ کھلی تو دُکھنا کی ماں کی گود میں

اپنے کو پایا۔ ہوش میں آتے ہی وہ چلائی۔

"میرا بچہ! میرا بچہ!"

دن مانو پہاڑ بن گئے تھے۔ ایسے میں اسے ساس کا بڑا سہارا تھا۔ لیکن یہ سہارا بھی جلدی چھوٹ گیا۔ جوان بیٹے اور پوتے کی موت نے بڑھیا کو بھی گھسیٹ لیا۔ ماتم منانے کے بعد زندگی اسی پرانے ڈھرے پر چل پڑی۔ لوگ کہتے "سگیا ہماری بات مانو۔ کوئی جیون ساتھی چن لو۔ پہاڑ سی زندگی کیسے گزاروگی۔"

سگیا پھپھکنے لگتی۔ آنسو کی بوندیں ٹپ ٹپ گرتیں۔ وہ کیسے سمجھائے کہ اجڑی ہوئی گرہستی کو ہرا بھرا نہیں دیکھ سکتی۔ وہ سوچتی جسم نچوانے سے اچھا ہے کسی کے ساتھ لگ جائے۔ لیکن کوئی بھی تیار نہ تھا۔ جوانی بھر اس کے جسم کو ٹھیکیداروں نے اپنی ہوس کا شکار بنایا۔ اس کے علاوہ کوئی چارا نہیں تھا سگیا کے پاس۔ اب تو ہمدرد کی شکل میں منگلی مل گئی تھی۔ پیار کے جھونکے تو خواب کی طرح آئے اور چلے گئے۔

آج بخار میں اسے منگلی کی کوں ـــــ کوں ـــــ کوں ـــــ آواز بھی بھلی لگ رہی تھی۔ وہ بدبدائی " تجھ میں اور مجھ میں کیا فرق ہے۔ تو بھی جیون سے ہاری، میں بھی ہاری۔ جئیں گے ساتھ۔ مریں گے ساتھ۔ تیرے اور میرے دل کو سمجھنے کی کوشش کس نے کی؟ کسی نے تو نہیں۔"

* * *